# 적룡무제
# 赤龍武帝

DECA
MEDIA

# 적룡무제 4

**초판 1쇄** 2025년 10월 24일

**지은이** 천봉 · **발행인** 김정수 · **고문** 이종주
**발행처** 데카미디어 · **출판등록** 2025년 4월 17일
**주소** 서울시 영등포구 당산로 214 · **E-mail** tradejjang0@gmail.com
**유통 · 판매 관리** (주)행운사 · **Tel** (031)901-1137 · **FAX** (031)901-4140
**E-mail** luckybogo222@naver.com · luckybogo222@daum.net

**ISBN** 979-11-7513-043-2 (4권)
**ISBN** 979-11-993499-6-4 04810 (세트)

천봉 신무협 장편소설
4
적룡무제
赤龍武帝

# 차 례

# 1장
# 모습을 드러내는 무림의 고수들

땡땡땡!

"적이다!"

"조나라군이 내려온다!"

적의 공격을 알리는 종소리가 요란하게 울렸다. 남궁장천은 서북쪽을 응시하며 흐릿한 미소를 머금었다.

"마침 적이 공격을 시작했군요."

"피곤할 터이니 이번 전투는 그냥 우리에게 맡기시오."

"저는 괜찮으니 함께 가시지요."

남궁장천은 총사와 함께 서북쪽으로 향했다. 그런 그를 대하는 총사의 태도는 매우 신중했다.

남궁장천이 황제의 부마가 될 수도 있으니 당연한 처사였다.

"막아라!"

콰지직!

까가강!

"으악!"

"크아악!"

군영의 서북쪽은 이미 전투가 시작되고 있었다. 조나라 군이 내려오는 길목이라 가장 많은 방어 병력이 그곳에 포진하고 있었다.

걸어가면서 군영 곳곳을 살피던 남궁장천이 총사의 팔을 잡았다.

"잠깐."

"왜 그러시오?"

"저희가 가야 할 곳은 저쪽인 것 같습니다."

총사가 남궁장천이 가리킨 곳을 돌아봤다. 군영에서 가장 안전한 곳이라 여겼던 서남쪽이었다.

"설마 적이 뒤를 돌아 저곳으로 들어올 거라 보시오?"

"제가 적이라면 그렇게 할 겁니다. 물론 무림인들을 앞세워서 말이죠. 그럼 나중에 뵙겠습니다."

남궁장천이 땅을 박차고 뛰어올랐다. 뒤이어 남궁세가의 고수들이 그를 쫓아 몸을 날렸다. 총사는 순식간에 엄청난 거리를 날아가는 남궁장천을 응시하며 경악을 금치 못했다.

'엄청난 경공술이로다!'

남궁장천의 예상은 적중했다.

군영 남쪽은 지형이 가파르고 병력이 움직일 만한 공간도 매우 협소해서 평소에도 경계를 거의 서지 않는 곳이었다.

바로 그곳을 타고 군영으로 뛰어드는 자들이 있었다. 보통의 조나라군과는 복장부터가 다른, 백여 명의 혈포인들이었다.

바로 혈귀였다.

"역시 이곳을 소홀히 하고 있었군. 후후후."

"바로 적의 사령부를 칩니까?"

"물론이다."

스르릉!

수장인 듯한 자가 검을 뽑자 다른 자들도 일제히 무기를 뽑았다. 그러자 주변에 섬뜩한 기운이 휘몰아쳤다.

그때였다.

"엇! 저기를 보십시오!"

누군가가 다급하게 외쳤다.

모두가 그가 가리킨 곳을 응시했다. 폭우를 헤치며 달려오는 자들이 있었다.

"진나라의 무림인들입니다!"

"곧장 이곳으로 오다니. 하면 우리가 이곳을 통해 올라올 것을 예상하였다는 말인가!"

"아무래도 그런 것 같습니다!"

혈귀들이 동요했다. 아무리 용맹한 그들이라도 적진의 중심에서 적의 무림인들과 맞닥뜨렸으니 긴장할 수밖에 없었다.

"수가 얼마 되지 않는다! 다들 대형을 갖춰라!"

처처처척!

신속하게 대형을 갖추는 혈귀들 앞으로, 남궁장천과 남궁세가의 고수들이 떨어져 내렸다.

휘리릭!

남궁장천은 깊게 가라앉은 눈으로 혈귀들을 천천히 쓸어 보았다.

"당신들이 혈귀인가요?"

"궁금하면 자신의 정체부터 밝히는 게 예의인데, 너희 진나라는 그렇지 않은 모양이군."

피식.

"남의 영토에 쳐들어와서 예의를 운운하다니. 역시 조나라답군요."

"먼저 도발한 건 너희 진나라다."

"글쎄요."

스르릉.

남궁장천이 검을 뽑았다. 아주 천천히 검집을 빠져나오

는 검신에는 남궁(南宮)이라는 두 글자가 선명하게 음각되어 있었다.

'남궁세가!'

"남궁세가다!"

남궁장천의 입가에 싸늘한 미소가 번져 갔다.

"당신들 혈귀의 수장은 오체분시되어 군문에 걸렸다던데, 아마 그보다 더 혹독한 죽음을 각오해야 할 겁니다. 우리 진나라는 연나라에 지는 것을 무척 싫어하거든요."

끄르륵.

혈귀를 이끌던 자의 목에서 가래 끓는 소리가 올라왔다.

후두둑!

갈라진 가슴에서 떨어진 피가 땅에 혈화(血花)를 만들었고, 이내 빗물에 씻겨 내려갔다.

"이럴 수가……."

그는 불신에 찬 눈으로 남궁장천을 올려다봤다. 자신과 수하들을 궤멸시킨 그는 마치 아무 일도 없었다는 듯 여전히 웃고 있었다.

"조나라 군영에 무림인이 얼마나 있을까요?"

"개소리하지 말고 어서 죽여라!"

"순순히 말하면 죽지 않고 살아서 돌아갈 수 있습니다. 자, 마지막 기회를 주죠!"

씨익.

혈귀의 수장이 돌연 웃었다. 뒤이어 남궁장천의 두 눈이 살짝 흔들린다 싶은 순간 그는 피를 게우며 쓰러졌다. 스스로 혈맥을 끊어 버린 것이다.

털썩!

"흠……."

당혹스러운 표정으로 시신을 내려다보는 남궁장천.

그 뒤로 혈귀의 시신이 널브러져 있었다. 남궁세가의 모두가 말없이 그를 지켜봤다.

잠시 후 남궁장천이 전장으로 시선을 돌렸다. 군영 서북쪽에서 혈전이 이어지고 있었다.

"이제 슬슬 적장의 목을 베러 가 볼까요?"

피에 젖은 전장을 바라보는 자들이 있었다.

장대한 체격에 짙은 황포를 걸치고 강철로 만든 철장갑을 낀 자들이었다.

그들은 산야(山野)를 가득 메운 시신을 내려다보며 눈빛을 가라앉혔다.

"우리가 한발 늦었구나."

"조나라군이 이미 퇴각한 것 같습니다. 시신의 비율로 보아 대패한 것이 틀림없습니다."

조나라와 진나라의 무복은 색이 극명하게 달랐다. 따라서 멀리서 보면 어느 쪽이 더 많이 죽었는지 쉽게 분간할 수 있었다.

"일단 군영으로 가시지요."

"아니다. 정찰에 나선 아이들이 돌아올 때까지 기다린다."

쏴아아!

빗줄기는 여전히 거셌다.

황포인들은 비를 고스란히 맞으면서 누군가 돌아오기를 기다렸다. 그러기를 반 시진 정도 지났을 때, 전장 쪽에서 올라서는 자들이 있었다.

역시 황포를 걸친 자들이었다.

"남궁세가가 진나라 군영에 합류했다고 합니다. 대공자 남궁장천이 고수들과 함께 왔는데, 기습에 나섰던 혈귀가 그들에 의해 궤멸당했다고 합니다."

"남궁장천이 틀림없느냐?"

"예. 그자를 본 목격자들이 있었습니다."

"진나라가 궁지에 몰리더니 결국 놈을 불러들였구나."

"의외입니다. 아무리 그래도 황제의 부마가 될 자를 전장으로 불러들이다니요."

"그만큼 급했다는 것이지."

수장으로 보이는 자가 이내 눈빛을 번뜩였다.

"남궁세가가 왔다면 꽤 재밌는 싸움이 되겠구나. 언젠가는 나라를 떠나 한 번쯤 겨뤄 보고 싶었다. 아니, 온 세상에 보여 주고 싶었다. 우리 황보세가가 남궁세가보다 강하다는 것을."

황보세가(皇甫勢家).

조나라 소속의 무림세가로 수백 년 전부터 명성을 떨쳐 왔던 무림의 명문가였다.

그들의 권법은 이미 오래전부터 천하일절(天下一節)로 불리었고, 당대에 이르러서도 그 명성은 변함이 없었다.

우르릉!

쩌저적!

뇌전이 황포인들의 얼굴을 하얗게 물들였다.

"일단 군영으로 돌아간다."

"예!"

사라지는 황보세가의 인물들을 지켜보는 눈동자가 있었다.

남궁장천이었다.

뇌전이 하얗게 물들인 그의 두 눈이 좌우로 살짝 가늘어졌다.

웃는 것일까? 입술이 벌어지며 박속 같은 치아까지 살짝 드러났다.

"황보세가가 왔으니, 앞으로 아주 재밌어지겠군요."

"지금 쫓아가면 충분히 따라잡을 수 있습니다, 대공자."

"무리하지 마세요. 어차피 전장에서 만나게 될 자들이니 기다리면 될 일입니다."

"알겠습니다. 하면 이만 돌아가시지요."

남궁장천은 돌아서기 전에 숲 너머로 사라지는 황보세가의 인물들을 응시하며 슬며시 미간을 좁혔다.

'가주가 직접 나서다니. 재미는 있겠지만 조심도 해야겠지?'

만월이 유난히 밝은 빛을 뿌려 대는 밤이었다.

전각의 마당에 앉아 차를 즐기는 이환의 앞으로 고미가 다가섰다.

고미는 한없이 한가로워 보이는 이환의 모습을 잠시 먼발치에서 바라봤다.

'대군은 황궁에서도 긴장한 모습을 보인 적이 없었다.

황룡상단을 건드리는 건 곧 이황자를 건드리는 것과 다를 바 없는데도 마치 아무것도 아닌 것처럼 거침이 없으셨다. 저게 정말 대군의 본모습일까?'

황도에서 이환이 벌였던 일련의 과정과 결과는 지금도 믿기지 않았다.

그때였다.

이환이 눈을 떴다.

고미는 재빨리 표정을 고치며 다가갔다.

"이 시간에 찾아온 걸 보니 중요한 정보라도 있는 모양이군."

"금사까지 밀고 내려갔던 조나라군이 단 한 번의 전투로 귀주성 북쪽까지 밀렸다고 합니다."

"진나라에서 힘 좀 썼나 보지?"

"남궁세가의 대공자가 직접 나섰다고 합니다. 그로 인해 지금까지 진나라군을 괴롭혔던 조나라 쪽 무림인들이 상당한 타격을 입었다고 합니다."

이환의 두 눈이 이채를 발했다.

"혹시 진나라의 부마가 될 수도 있다는 그 친구 말인가?"

"예. 정보에 의하면 소문보다 더 강한 자라고 합니다. 또한 손속마저 잔혹해, 조나라 쪽에서 치를 떨고 있는 모양입니다."

"뜻밖이군. 보통은 소문보다 못한 법인데 말이지. 하면 조나라 쪽에서도 그에 필적할 만한 고수나 문파를 불러들이겠군."

"이미 황보세가가 조나라 군영에 합류했다고 합니다. 가주가 직접 무사들을 이끌고 왔다고 하니 앞으로 볼만한 전개로 이어질 듯합니다."

남궁세가에 이어 황보세가까지.

이환은 새삼 이 세상의 무림이 완전히 무너졌음을 깨달았다. 두 세가는 자신의 시대에서는 둘도 없는 우방이었다.

딸그락.

이환은 찻잔을 내려놓고 말을 이었다.

"조나라가 밀렸다면 이후를 잘 살펴봐야 한다. 조황제가 확전을 우려한다면 필시 휴전하려고 들 테고, 상황이 그렇게 흘러가다가 재수 없으면 불똥이 우리 쪽으로 튈 수 있다."

"알겠습니다."

"한데 비월은 몇 명이 활동하고 있지?"

"송구하오나 기밀입니다."

고미는 대답해 놓고 순간 아차 싶었다.

**막내를 너의 주군이라 생각하고 따라야 할 것이다.**

태자 이소의 당부를 떠올린 고미는 곧장 입을 열었다.

"총 스무 명이 충돌 지역에서 활동하고 있습니다."

"기밀이라고 해 놓고 말해 주는 이유는 뭐지?"

"아, 그냥 아셔야 할 것 같아서…… 하면 저는 이만."

이환은 어둠 속으로 사라지는 고미의 뒷모습을 응시하며 슬며시 미간을 좁혔다.

"오늘따라 이상하군."

다음 날 아침.

이환은 식사를 마치고 곧장 팽무위를 찾아갔다. 팽무위가 아주 반갑게 그를 맞았다.

"어서 오십시오, 대군!"

"차 한잔합시다."

"예! 잠시만 기다려 주십시오! 여봐라! 차를 들여라!"

팽무위는 여전히 씩씩했다.

**떠나 계신 동안에 몇 번이나 찾아왔었는데, 몸이 좋지 않다는 핑계로 만나 주지 않았습니다.**

'그래서 더 반가운 모양이군.'

이환도 팽무위에 대한 반감은 더 이상 없었다. 비록 그가 이황자의 휘하에 들었더라도 자신이 마음대로 부릴 수 있으니 반감을 가질 이유가 없었다.

“조나라 쪽은 잘 살펴보고 있소?”

“예. 놈들이 후방으로 물러가기 전과 동등한 횟수로 정찰을 실시하고 있습니다. 다행히 지금까지는 별다른 동향을 발견하지 못했습니다.”

잠시 후 팽무위의 부장이 차를 갖고 들어와서는 전서를 하나 건넸다.

“방금 도착했습니다.”

“그래.”

팽무위는 곧장 전서를 펼쳤다.

그러자 부장이 당황한 기색을 비쳤다. 아마도 이환이 알면 안 되는 전서이리라.

“괜찮으니 그만 나가 봐.”

“……예.”

이상한 느낌을 받은 이환은 전서의 뒷면을 살폈다. 하지만 누가 보낸 것인지 아무것도 적혀 있지 않았다.

“누가 보낸 거요?”

“이황자께서 보내셨습니다. 곧 황도에서 사람이 도착할 거라고 하십니다.”

팽무위가 순순히 털어놓았다. 이환은 팽무위의 태도를 지켜보며 비로소 확실하게 깨달았다.

‘나에 대한 거부감이 완전히 사라졌군.’

이환은 다시 넌지시 물었다.

"전력이 충분한데 무슨 사람들을 또 보낸다는 거요?"

"그건 저도 잘 모르겠습니다. 다만 전서에 사람들이 갈 테니 최대한 협조를 잘해 주라고 적혀 있습니다. 직접 보시겠습니까?"

"됐소. 남의 전서를 내가 왜."

이환은 차를 한 모금 마셨다.

'놈이 왜 사람을 더 보내는 걸까? 황룡상단 때문에 끙끙 앓아누워도 시원찮을 판에.'

딸그락.

"총사."

"예?"

"조나라와 진나라가 각각 황보세가와 남궁세가를 군영에 합류시켰다고 하는데, 혹시 알고 있었소?"

"정말입니까? 소장은 금시초문입니다."

팽무위가 인상을 찡그리며 말을 이었다.

"이러면 우리 군도 무림세가를 미리 보강해야 하는 건 아닌지 모르겠습니다. 만약 두 나라가 휴전하면 황보세가가 이곳으로 올라올 수도 있지 않겠습니까?"

"안 그래도 그것 때문에 들른 거요."

"그렇습니까? 하면 저희 세가를 불러들일까요?"

"그래도 괜찮겠소?"

"대군께서 원하신다면 당장이라도 전서를 날리도록 하겠습니다."

"이황자 쪽에 허락을 받아야 하는 거 아니오?"

"아닙니다. 병력 운용은 총사의 직권이니 굳이 그럴 필요는 없습니다. 대군께서 결정만 내려 주십시오. 하면 따르겠습니다."

"급한 일은 아니니 일단 그 문제는 생각을 좀 해 봐야겠소."

이환은 송회를 불렀다.

"부장."

"예!"

송회가 들어섰다.

"어서 드려라."

"예."

송회가 비단 보따리를 탁자 위에 올렸다. 그것을 본 팽무위가 눈이 동그래졌다.

"이게 뭡니까?"

"용정차요. 지인이 보내왔는데, 군영을 이끄느라 노고가 큰 총사가 생각나서 조금 가져왔소."

"감사합니다, 대군!"

작금의 용정차는 값이 비싸기도 했지만 워낙에 구하기가 어려워 뇌물로 쓰일 정도로 귀했다. 차를 좋아하는 팽무위가 기뻐하는 건 당연했다.
"내가 바쁜 사람을 너무 붙잡아 둔 것 같소. 하면 다음에 또 봅시다."
이환은 팽무위의 막사를 나섰다. 송회가 곁을 따라붙으며 물었다.
"정말 하북팽가를 불러들이실 겁니까?"
"고민 중이다. 어디를 불러들이면 좋을지."
"하북팽가는 안 됩니다. 그들이 오면 좌장군이 대군의 손을 떠날 수도 있습니다."
"꼭 그렇지만도 않아."
"예?"
"나중에 말해 줄 테니 궁금해도 참아."
"그냥 지금 말씀해 주시면 안 됩니까?"
"참아."
"……."

거처로 돌아온 이환은 이태지가 사람을 보내는 목적이 의심스러웠다.
'나를 의심할 리는 없다.'
꼼꼼히 되짚어 봐도 자신의 정체가 드러날 일은 없었다.

그렇다면 왜?

의심의 시간은 빨리 끝났다.

'만약 누군가를 노리고 온다면 월주 때문이다. 정체가 드러난 유일한 사람은 그녀다.'

뒤이어 이환은 자책했다.

'그걸 간과하다니…….'

그녀의 신분을 숨기는 걸 간과했다. 비월의 월주는 아무리 이황자라도 함부로 할 수 없다는 안이한 생각이 화근을 남긴 것 같았다.

'만약 우리와 같은 날에 황궁을 떠났다면 지금쯤 거의 다 왔을 수도 있겠군.'

"무옥, 주태."

문이 열리고 철무옥과 주태가 들어섰다.

"찾으셨습니까?"

"따라와."

"어디 가십니까?"

"처치해야 할 놈들이 있다."

이환은 검을 챙겨 밖으로 나섰다. 송회와 송천무 등이 밖에서 대화를 나누다가 벌떡 일어섰다.

"어디 가십니까?"

"잠시 다녀올 테니 누가 찾으면 잔다고 하고 내일 오라고 해."

"소장도 함께……."

"됐어."

칠흑 같은 어둠 너머에서 남부군단을 향해 걸어오는 자들이 있었다.

모두 세 명.

하나같이 호리호리한 몸매에 유난히 긴 장검을 지닌 자들이었다.

"아직 멀었나?"

"거의 다 왔습니다."

"그럼 잠시 쉬었다 가지. 나는 볼일 좀 보고 오마."

"예."

한 명이 좌측 숲으로 들어갔다.

다른 두 명은 바위에 걸터앉아 온몸을 이리저리 비틀었다.

으드득!

"쉬지 않고 왔더니 삭신이 다 쑤시네."

"평소에 수련을 게을리했군. 고작 이 정도에 삭신이 쑤시는 게 말이 되냐?"

"말이 그렇다는 거잖아, 자식아."

으드득!

"그나저나 비월의 월주는 왜 죽이라는 거지?"

"난들 아냐. 우리야 그냥 까라면 깔 수밖에 더 있냐. 그나저나 소문에 엄청난 미인이라던데, 막상 죽이려면 좀 아쉽겠군. 흐흐흐."

"재미라도 보고 죽이게?"

"가능하다면야."

"지랄하네. 그러다가 똘똘이가 뎅강 잘려 나갈 수도 있어. 그 여자, 보통이 아니라고."

"그래 봤자 계집인데."

그때였다.

"어? 저게 뭐지?"

"뭐긴, 자식아. 반딧불이잖아."

볼일을 보러 들어간 곳에 다섯 개의 자그마한 불빛이 두둥실 떠다니고 있었다.

"이런 깊은 산중에도 반딧불이가 있었나? 신기하네."

누가 봐도 반딧불이였기에 둘은 이내 관심을 접었다.

그때였다.

털썩!

뭔가 쓰러지는 소리가 울렸다.

둘은 다시 반딧불이가 떠올랐던 쪽으로 시선을 돌렸지만, 반딧불이는 이미 사라지고 없었다.

"방금 뭐가 쓰러지는 소리였지?"

"그래."

한 흑포인이 나지막이 외쳤다.

"전주님!"

대답이 없자 다시 불렀다.

"전주님! 거기 계십니까?"

역시 대답은 없었다.

"이런!"

채쟁!

두 흑포인이 벌떡 일어서며 검을 뽑았다. 그런 그들의 머리 위에 사라졌던 반딧불이가 나타났다. 하지만 머리 바로 위쪽에서 나타났기 때문에 두 흑포인은 전혀 눈치채지 못했다.

"전주님!"

다시 한번 불렀을 때, 수풀이 흔들리며 그림자가 일어섰다.

"웬 놈이냐!"

두 흑포인이 검을 겨누며 싸늘히 외쳤다.

하지만 그림자는 말없이 그들을 향해 접근할 뿐이었다. 두 흑포인은 심상치 않음을 깨닫고 간격을 벌리며 검을 늘어뜨렸다.

치르륵.

검 끝에서 혈광이 일었다.

둘은 전음을 주고받았다.

[전주님이 당했다면 엄청난 고수가 틀림없다. 하면 무조건 선공이다!]

[알았다!]

파팟!

두 흑포인이 벼락같이 다가오는 그림자를 향해 달려들었다. 동시에 하늘거리며 날아다니던 다섯 개의 불빛이 수직으로 떨어져 내렸다.

퍽!

"억!"

한 흑포인이 외마디 신음과 함께 휘청거렸다. 다행히 급소를 피했는지 바로 쓰러지지는 않았다.

하지만 거기까지였다.

번쩍!

바로 뒤에서 한 줄기 빛이 일어나 휘청거리던 자의 목을 날려 버렸다.

서걱!

"……!"

동료의 머리가 날아가는 걸 본 흑포인이 두 눈을 부릅뜨며 황급히 방향을 틀었다.

그는 다가오던 그림자를 피해 동쪽으로 몸을 날렸다. 혼자서 감당할 수 없는 상황임을 인지하고 도주를 선택한 것이다.

찰나의 순간에 내린 최선의 판단이었다. 하지만 그 역시 거기까지였다.

퍽!

둔탁한 소리에 이어 흑포인의 머리에서 피가 튀었다. 흑포인은 달려가는 속도 그대로 정면의 나무에 부딪힌 후, 쓰러졌다.

쿵!

털썩!

흑포인이 쓰러진 곳으로 다가서는 그림자가 두 개 더 있었다.

이환과 주태였다.

철무옥이 곧장 옆으로 다가왔다.

"역시 말씀대로 월주를 죽이러 왔군요."

이환은 죽은 자를 내려다보며 눈빛을 가라앉혔다.

"기습으로 쉽게 죽였지만, 결코 약한 놈들이 아니었다. 만약 대화를 엿듣지 못했더라면 일이 제대로 꼬일 수도 있었다."

"그렇습니다. 특히 변을 보다가 당한 놈은 상당한 고수인 것 같았습니다."

주태가 피식 웃었다.

"새끼, 하필이면 그때 똥을 싸서. 쯧쯧쯧."

무림의 고수들이 가장 약할 때가 용변을 볼 때라고 한다. 해서 살수들은 자신보다 더 강한 고수를 제거할 때 그 순간을 노리곤 한다.

"시간이 지나면 또 보낼 가능성이 높은데, 그때마다 오는 족족 다 죽입니까?"

"그건 단기적인 대책에 불과하다."

"하면……."

"찾아봐야지. 월주가 나를 도우면서 나를 떠나지 않아도 되는 방법을. 일단 시체부터 치우도록 해."

"알겠습니다."

이환은 시신을 끌고 숲으로 들어가는 철무옥과 주태를 응시하며 씁쓸한 표정을 지었다.

'월주를 볼 면목이 없군.'

다시 자책감이 밀려들었다. 이환은 잠시 생각에 잠겼다. 그러다가 뭔가를 떠올리고는 철무옥을 불렀다.

"무옥!"

"예."

"저놈의 목을 베어 거처로 갖고 간다."

"거처로 말입니까?"

"쓸 데가 있다."

"……알겠습니다."

다음 날.

이환과 고미가 마주 앉았다.

이환은 바로 본론을 꺼냈다.

"이황자가 너를 노리고 있다."

"어떻게 아셨습니까?"

이환은 팽무위가 받은 전서와 지난밤에 있었던 일을 말해 주었다. 그런데 고미의 반응이 무덤덤했다.

"역시 그랬군요."

"예상했었나?"

"예. 신분이 드러난 사람은 저뿐이었지 않습니까. 황룡상단이 그렇게 된 것에 이황자가 앙심을 품었다면 저를 죽이려 할 수도 있겠다는 생각은 하고 있었습니다."

"미안하다. 내 실수다."

"아닙니다. 일을 제대로 처리하려면 어사의 신분이 필요했고, 어사가 인피면구로 위장할 순 없는 일이지 않습니까? 저는 괜찮습니다."

고미가 이렇게 나오니 더 미안했다.

이환은 그녀를 직시하며 말을 이었다.

"아무래도 한번 죽어야겠다."

"……예?"

"이황자는 네가 죽어야 포기할 거다. 그러니 최대한 빨리 네 인피면구를 하나 만들도록 해."

"이황자 쪽을 속일 방법을 이미 찾으신 겁니까?"

"그래."

"어떻게 속이실 겁니까?"

"나중에 다 알게 될 테니 궁금해도 참아."

이환의 그 말에 고미의 눈빛이 살짝 가늘어졌다. 그러더니 평소답지 않은 어조로 말했다.

"항상 이런 식이십니다."

"뭐가?"

"나중에 알게 될 테니 궁금해도 참아. 이거, 습관이신 거 혹시 아십니까?"

"내가 언제 또 그랬나?"

그때 뒤에서 철무옥의 목소리가 울렸다.

"습관 맞습니다."

"동감입니다."

주태도 거들었다.

꿈틀.

이환의 눈썹이 슬며시 휘어질 때, 고미가 말을 이었다.

"지금 말씀해 주십시오. 저를 죽이는 일이니 들을 자격은 충분하다고 생각합니다."

이환은 차를 한 모금 마신 후에 계획을 설명했다. 설명이 끝나자, 철무옥과 주태가 서로를 쳐다보며 웃음을 지었다.

[그 시간에 이런 것까지 생각하시다니.]

[그러게. 좌우지간 대단한 분은 맞아. 그러니 다시는 의심하지 말자고.]

그때 고미가 의문을 표했다.

"체격 때문에 속이기 쉽지 않을 것 같습니다."

한데 이환의 답이 그녀의 두 눈을 커지게 만들었다.

"그래서 머리만 잘라서 보관해 뒀다."

"……!"

"다행히 한 놈이 머리가 제법 작더군."

팽무위가 부장을 대동한 채 종종걸음으로 이환의 거처로 향했다.

잠시 후 이환의 거처로 들어선 그는 심각한 분위기에 흠칫했다.

팽무위는 부장 송회에게 물었다.

"분위기가 왜 이런가?"

"뒷마당으로 가 보시지요. 대군께서 기다리고 계십니다."

'무슨 일인데 분위기가 이 모양이지?'

팽무위는 고개를 갸웃하며 뒷마당으로 향했다. 그곳에

이환이 눈을 감은 채 굳은 표정으로 의자에 앉아 있었고, 그 앞에 하얀 천으로 덮어 놓은 시신 두 구와 자그마한 물체가 있었다.

'뭐지? 저 시신들은?'

팽무위는 뭔가 심각한 일이 터졌다는 것을 직감했다.

"찾으셨는지요?"

이환이 눈을 떴다.

순간 팽무위는 비수가 두 눈을 파고드는 것 같은 느낌에 흠칫했다. 지금껏 이환과 함께하면서 이렇게 무서운 눈빛은 처음이었다.

"천을 걷어라."

"예."

철무옥이 시신을 덮어 놓았던 천을 걷었다.

그러자 이환이 팽무위에게 물었다.

"혹시 이들이 누군지 아시오?"

팽무위는 시신을 살폈다. 그러고는 고개를 저었다.

"처음 보는 자들입니다. 한데 무슨 일인지요? 그리고 이 시신들은 왜 이곳에 누워 있는 겁니까?"

"무옥."

"예."

철무옥이 이번에는 탁자 위의 자그마한 물체를 덮고 있던 천을 내렸다.

순간 팽무위가 두 눈을 부릅떴다.

"헉!"

탁자 위에 놓여 있는 건 고미의 수급이었다.

"대체 이게 어떻게 된 일입니까, 대군!"

"월주를 모셔라."

"예."

철무옥이 고미의 수급을 소중히 안고 안으로 들어갔다. 그는 경악하는 팽무위를 힐끗 쳐다보며 흐릿하게 웃었다.

이환이 말을 이었다.

"누군가 월주를 죽이고 목을 베어 나무에 걸어 뒀더군. 이놈들이 그 주변에서 얼쩡거리다가 내 호위들에게 발각되었고, 한 놈은 도주했소. 해서 묻겠소."

"……."

"정말 모르는 얼굴이오?"

"감히 어느 안전이라고 거짓을 아뢰겠습니까? 정말 처음 보는 자들입니다!"

"이황자가 사람을 보낸다고 하지 않았소? 하여 나는 이놈들이 그가 보낸 자들이라 생각하는데, 총사의 생각은 어떠하오?"

"이황자께서 왜 비월의 월주를 죽이겠습니까? 암행 기관의 수장은 폐하가 아니시면 그 누구도 함부로 대할 수 없는 사람들입니다!"

"상식적인 인간이 버젓이 태자가 있는데 옥좌를 탐하지는 않지. 일단 모든 건 훗날이 되면 다 알게 될 것이니 총사는 당장 병력을 풀어 도주한 놈을 쫓으시오. 상처를 입었으니 멀리 가지는 못했을 거요. 그리고 비월은 소수만 남겨두고 모두 황궁으로 돌려보낼 테니 그리 알고 있으시오."

"알겠습니다."

이환이 돌아서는 팽무위를 불렀다.

"총사."

"예."

"놈을 잡아야 월주를 죽인 배후를 알아낼 수 있으니 반드시 잡도록 하시오."

"총력을 다하겠습니다!"

잠시 후 팽무위가 돌아가고 고미가 뒷마당으로 나섰다. 벌써 그녀는 완전히 다른 사람의 얼굴을 하고 있었다.

이환이 흐릿하게 웃었다.

"귀신이 된 기분이 어때?"

"좋지는 않습니다. 하면 면구 제작에 능통한 수하만 남기고 모두 돌려보내도록 하겠습니다."

"믿어도 되는 수하인가?"

"예."

"좋아. 태자궁에는 내가 전서를 통해 자초지종을 알려놓을 테니, 돌아가는 수하들에게는 네가 죽은 것으로 해야 한다."

"알겠습니다."

고미가 돌아섰다.

"어딜 가? 네 수하들이 다 돌아갈 때까지는 여기 있어야지."

"……!"

고미가 아차 하며 다시 돌아섰다.

이환은 자리에서 일어나 크게 기지개를 켜고는 안으로 향했다.

"밥이나 먹지."

주태가 물었다.

"이것들은 어떡할까요?"

"월주를 죽인 놈들이다. 가급적 모두가 보는 앞에서 사지를 자른 다음 태워 버리도록 해."

"알겠습니다."

이황자 이태지의 책사 문치용(文治用)이 수중의 전서를 읽어 가며 눈살을 찌푸렸다.

전서는 팽무위가 보낸 것이었다.

'어째서 조사를 해 보지도 않고 비월의 월주부터 죽인

거지?'

전서에는 고미가 정체불명의 괴한들에게 죽임을 당했다는 내용이 적혀 있었고, 더불어 혹시 이황자가 보낸 사람이냐는 질문과 죽은 자들의 복장 및 생김새가 상세히 담겨 있었다.

틀림없는 문치용의 직속이었다.

문제는 그들이 본연의 임무인 조사를 시작하지도 않고 고미부터 덜컥 죽였다는 것이다. 더 이해가 가지 않는 건, 그들이 이환의 호위에게 죽임을 당했고 한 명이 간신히 살아서 도주했다는 점이었다.

'추리고 추려서 보낸 아이들이다. 한데 어째서 대군의 호위 따위에게 당했단 말인가?'

그때였다.

"저하를 뵈러 갈 시간입니다."

"알았다."

문치용은 서찰을 품속에 갈무리한 채 밖으로 나섰다.

잠시 후 이태지의 처소로 들어선 그는 곧장 보고했다.

"지시하신 대로 비월의 월주를 죽였습니다."

"확실한가?"

"예. 좌장군이 직접 전서를 통해 알려 왔습니다."

"빨리도 처치했군. 수고했어."

"예."

문치용은 수하들이 죽었다는 내용은 전하지 않았다. 다른 뜻은 없었다. 그저 예민한 이태지에게 걱정을 끼치고 싶지 않았을 뿐이다.

이태지가 물었다.

"황룡상단에 투자했던 원금은 어떻게 되어 가고 있나?"

"최선을 다하고 있는데, 아무래도 시간이 좀 걸릴 것 같습니다. 중요한 장부는 상단주가 직접 관리했는데, 그자가 지금 옥중에 있는 신세라서 처리가 힘든 상황입니다."

"네가 직접 면회해서 확인하면 될 게 아니냐!"

"확정판결이 나기 전까지 승상부에서 누구의 출입도 금해 둔 상태라 면회 자체가 불가합니다. 하지만 어떻게든 방법을 찾아보겠습니다."

"서둘러. 그걸 해결하지 못하면 수년간의 노력이 물거품이 될 수도 있다."

"예, 저하."

"그리고 조, 진 충돌 지역이 점점 판을 키워 가고 있더군. 양측에서 무림세가를 끌어들인 모양이야. 해서 말인데, 우리도 하북팽가 말고 더 끌어들일 문파나 세가가 없는지 알아보도록 해. 결국 이 판의 승자는 무림세력에 의해서 결판이 날 테니까 우리도 미리미리 준비해 두는 게 좋겠지."

"안 그래도 몇 곳과 접촉 중입니다. 결과가 나오면 즉시 보고드리겠습니다.”

“그만 가 봐.”

“예. 하면 소인은 이만.”

이태지의 거처를 나온 문치용은 마음이 무거웠다. 이태지가 내린 지시도 지시이지만 여전히 수하들이 남부군단에서 왜 그렇게 서둘렀는지 의문이 가시지 않은 까닭이었다.

‘부총관이 살아 있었다면 알아서 살펴봤을 것을.’

문치용은 남부군단에서 죽은 금의위의 부총관의 부재가 매우 아쉬웠다. 그는 알아서 모든 상황을 살피는 능력이 출중했기에 그곳으로 보낸 것인데 그만 죽고 말았다.

그런데 그에 이어서 부총관의 자리에 오른 자는 도통 연락조차 없었다.

‘때가 되면 내가 직접 가 봐야겠어.’

상념을 떨쳐 낸 문치용은 나지막이 숨을 토하려다가 멈칫했다.

저만치 앞에서 태자 이소와 관지백이 걸어오고 있었다.

‘요즘 들어 태자궁을 나서는 빈도가 늘었다. 아예 작정하고 정사에 참여하겠다는 건가?’

속내와는 달리 문치용은 이소를 향해 공손히 머리를 조아렸다.

“전하를 뵈옵니다.”

“오랜만이군. 둘째는 잘 지내는가?”

"예. 염려해 주신 덕분에 무탈하게 잘 지내고 계십니다."

"황룡상단이 그렇게 되어서 주머니 사정이 녹록지 않겠군. 애석하게 생각하네."

비아냥거림이었다. 문치용도 그걸 모르지 않았다. 하지만 태자 앞에서 속내를 비칠 순 없으니 그저 머리를 조아릴 뿐이었다.

"이렇듯 염려해 주시니 감히 몸 둘 바를 모르겠습니다, 전하."

"그럼."

이소와 관지백은 문치용을 지나쳐 대전이 있는 궁으로 향했다. 문치용은 천천히 숙였던 머리를 치켜들어 이소의 뒷모습을 바라봤다.

꽈악.

'황룡상단 건은 깨끗하게 패배를 시인하겠소. 하나 두 번은 당하지 않을 것이오.'

관지백이 말했다.

"이황자 쪽에서 그렇게 빨리 움직일 줄은 몰랐습니다. 설마하니 월주를 노리다니요. 하마터면 아까운 인재를 잃을 뻔하였습니다."

"막내 덕분에 월주를 살렸으니, 또 하나의 큰 빚을 진 셈이군. 그런데 말이다. 빚을 졌는데 왜 이렇게 기분이 좋을까?"

"하하."

관지백이 웃으며 말을 이었다.

"정말 대단하지 않습니까? 어떻게 그런 생각을 하셨을까요? 시간도 매우 촉박했을 텐데 말입니다."

이환의 대처를 두고 한 말이었다.

이소의 입가에 미소가 번져 갔다.

'서서히 때가 되어 가는 것 같구나. 조금만 더 기다려라. 하면 이 형이 너를 황궁으로 불러들여 중용할 것이다.'

이소는 걸음을 빨리했다.

지금 그는 승상부에 들러 고미를 대신할 신임 월주를 논의할 생각이었다.

**이황자 쪽의 칼끝이 비월을 향하지 않게 하려면 그냥 평범한 사람을 월주로 뽑는 게 좋을 겁니다.**

이환의 전서를 떠올린 이소의 입가에 다시 미소가 맺혔다.

'그래. 네가 하라는 대로 하마.'

이소는 하늘을 올려다봤다.

오늘따라 유난히 푸르고 높은 하늘에 햇살마저 눈이 부

실 지경이었다.

그렇게 얼마를 걸었을까?

철그럭! 철그럭!

한쪽에서 무사들이 열을 지어 달려왔다. 선두에서 무사들을 이끌던 장수가 이소를 발견하고는 군례를 취했다.

"충!"

"무슨 일이라도 벌어졌는가?"

"아뢰옵기 송구하오나, 황도에서 무림인으로 추정되는 괴한의 난동이 벌어져 다수의 인명이 죽거나 다쳤다고 합니다. 해서 현장으로 가는 중입니다!"

"뭐라? 하면 괴한은 제압했는가?"

"놓쳤다고 합니다."

"속히 가 보게. 가서 백성들이 놀라지 않게 잘 처리해야 할 것이야."

"예, 전하!"

이소와 관지백은 황궁을 나서는 무사들의 뒷모습을 응시하며 낯빛을 굳혔다.

"황도에서 또 이런 일이 벌어지다니. 대체 금군은 무엇을 하고 있었단 말인가!"

"올해 들어 벌써 세 번째입니다. 아무래도 황도를 출입하는 무림인들에 대하여 강력한 대책을 취해야 할 것 같습니다."

"황도의 치안을 책임져야 할 금군의 수장이 정치에 빠져 썩어 문드러졌는데 대책이 무슨 소용이 있겠나. 차라리 그자를 끌어내리는 게 최선의 대책이겠지."

"……."

이소의 두 눈이 단호한 결기로 채워졌다.

"언젠가는 싹 갈아엎어야 할 것이야."

"승상께서 기다리십니다. 그만 가시지요."

관지백의 재촉에도 이소는 한 걸음도 떼지 못했다. 장수 한 명이 바람처럼 달려와 그의 앞에 머리를 조아렸기 때문이다.

"전하, 큰일 났습니다!"

"무슨 일인가!"

"황숙부 어른께서 괴한의 습격을 받고 그만……."

"……!"

이소는 승상부로 향하던 걸음을 동창으로 돌렸다.

잠시 후 그와 동창의 수장 태감(太監)이 마주 앉았다. 태감이 침통한 어조로 설명했다.

"목격자에 의하면 흉수는 처음부터 황숙부를 노렸다고 합니다. 사상자 대부분도 황숙부의 호위들이며 현장에 이것을 두고 사라졌다고 합니다."

이소는 태감이 건넨 천을 펼쳤다.

"……!"

**하늘을 대신하여 백성의 고혈로 호의호식하는 황족에게 천벌을 내리노라. 이 땅의 모든 황족이 사라지는 그날까지 단죄는 멈추지 않으리라.**

파르르…….

이소는 눈빛을 떨었다.

의도적으로 황족을 죽였다? 이건 역모에 준하는 엄청난 사건이었다.

"의도적으로 노린 거면 필시 배후가 있거나 세력이 존재하지 않겠소?"

흔들리던 이소의 눈빛이 무겁게 가라앉았다. 태감이 고개를 끄덕이며 대답했다.

"그렇습니다. 하여 조직에 비상령을 발동하고 대대적인 수색에 돌입하는 한편, 금의위에도 지원을 요청해 두었습니다."

"나라의 근간을 흔드는 흉악무도한 범죄이니 무슨 수를 써서라도 반드시 찾아내야 할 것이오."

"예, 전하. 그리고 하나 더 아뢸 게 있습니다."

"말씀하시오."

태감이 말을 이었다.

"모든 궁내는 물론이고 궁 밖의 모든 황족의 경호를 전시 상태에 준하는 수준으로 격상해야 할 듯합니다."

"알겠소. 승상부로 가서 논의토록 하겠소."

이소는 동창부를 나와 다시 승상부로 향했다. 그러고는 관지백에게 지시했다.

"누이에게 사람을 보내서 흉악한 사건이 벌어졌음을 알리고 조심하라 전하거라."

"알겠습니다."

이영과 송천호 부부는 모처럼 바깥나들이에 나섰다. 이환이 다녀간 이후로 모든 일이 술술 풀리면서 이전보다 훨씬 바빠졌지만, 그럼에도 하루 짬을 내어 나들이에 나선 것은 오늘이 이영의 생일이기 때문이었다.

그들이 도착한 곳은 호수였다.

한 폭의 그림처럼 절경을 자랑하는 그곳은 평소에도 많은 사람들이 나들이를 나오는 곳이었다. 오늘도 호수 주변은 수많은 나들이객으로 북적거렸다.

이영 부부는 수려한 풍경과 사람을 구경하면서 호수 주

변을 거닐었다. 그런 두 사람의 뒤에는 도왕 일맥의 무사 세 명이 일정 거리를 두고 주변을 경계했다.

"모처럼 나오니 너무 좋네요."

"앞으로 틈틈이 짬을 내어 이런 시간을 갖는 게 좋겠습니다. 한 살이라도 젊었을 때 한 곳이라도 더 다녀 봐야 하지 않겠습니까. 하하하."

송천호가 크게 소리 내어 웃었다.

이영도 빙그레 미소를 머금었다. 이런 시간을 갖는 것이 실로 오랜만이라 두 사람의 얼굴에서 웃음꽃이 걷힐 줄을 몰랐다.

그렇게 얼마를 걸었을까?

무사 하나가 돌연 두 사람의 앞으로 나섰다. 뒤이어 다른 무사가 좌측으로 자리를 옮겼다.

송천호가 의아하게 여겨 물었다.

"무슨 일인가?"

"주변에 이상한 자들이 맴돌고 있습니다. 아무래도 이만 돌아가시는 것이 좋을 듯합니다."

"우리를 노리기라도 한단 말인가?"

"지금은 무엇도 확신할 수 없습니다."

이영이 송천호의 팔을 잡았다.

"우리 그만 돌아가요."

"알겠소."

송천호는 못내 아쉬웠다. 이영이 이렇게 좋아하는 모습은 실로 오랜만이었기 때문이다.

두 사람은 걸음을 돌려 마차가 있는 곳을 향했다. 무사들은 일부러 인파가 덜 붐비는 곳으로 두 사람을 이끌었다.

잠시 후 마차가 보이기 시작했다.

호수로 이어지는 길목의 초입이었고, 그곳 역시 사람들로 북적거렸다.

무사 하나가 휘파람을 불었다.

휘익!

그러자 마차의 마부석에 앉아 있던 무사가 일행 쪽을 쳐다보고는 마차를 움직였다.

"여기서 잠시 기다리십시오."

그때였다.

쐐액!

파공성과 함께 섬뜩한 기운이 이영 부부를 향해 날아들었다. 동시에 호위하던 두 무사가 검을 뽑아 검막을 일으켰다.

우우웅!

따다다다당!

불꽃과 함께 암기가 사방으로 튕겨 날아갔다. 그 좌우에 멀지 않은 곳을 지나가던 젊은 여인이 비명과 함께 쓰러졌다.

"악!"

튕겨 날아간 암기에 맞은 것이다.

이영이 본능적으로 쓰러진 여인이 있는 곳으로 움직이려 했다.

"안 됩니다, 마마!"

무사가 앞을 막아섰다.

그때 다른 무사가 앞으로 벼락같이 달려 나갔다.

"감히!"

철컥철컥!

청년의 검은 허공에서 대도로 바뀌었고, 이내 당과를 팔던 상인의 머리를 사정없이 쳐 냈다.

퍽!

"크악!"

"으악!"

"꺄아악!"

난데없는 소란에 오가던 사람들이 혼비백산하여 사방으로 흩어졌다.

상인의 머리를 쳐 낸 무사를 향해 두 명이 달려들었다. 인파 속에서 뛰쳐나온 자들이었다.

까가강!

콰직!

송천호가 다급히 외쳤다.

"어서 저 친구를 도우시게!"

하지만 송천호는 이내 두 눈을 부릅뜨며 이영의 몸을 끌어안았다. 뒤쪽과 전방에서 달려드는 자들이 있었기 때문이다. 곁에 있던 무사가 그들을 막아섰다.

다른 무사는 이영 부부의 곁을 지켰다.

수적으로 열세인 상황에 이영 부부의 낯빛이 창백하게 변해 갔다.

그때 허공으로 솟구쳐 오르는 이가 있었다. 마차를 몰던 마부였다.

그 역시 도왕 일맥의 무사였다.

퍽!

"크악!"

한 괴한의 머리가 형체도 없이 사라졌다. 뒤이어 가장 먼저 달려 나간 무사 쪽에서도 비명이 터졌다.

"으악!"

"컥!"

두 명의 머리를 날려 버린 무사가 이영 부부의 앞으로 떨어져 내렸다.

"괜찮으십니까?"

"우린 괜찮아요."

"걱정하지 마십시오. 누구도 접근하지 못하게 하겠습니다."

무사의 말은 곧 현실로 이어졌다.

잠시 후 다른 괴한들마저 도왕 일맥의 강력함을 극복하지 못하고 모두 꼬꾸라졌다.

위험을 제거한 무사들이 돌아왔다.

이영이 떨리는 목소리로 물었다.

"다들 괜찮아요?"

"예! 마마!"

이영은 곧장 쓰러진 여인에게로 뛰어갔다. 무사들이 그녀의 사방을 철통처럼 호위했다.

여인의 동료가 울음을 터트렸다.

"아직 살아 있어요! 제발 살려 주세요!"

"이 여인을 마차에 태우……."

이영은 말을 다 잇지 못했다. 호위하던 무사 중 하나가 그녀를 뒤로 잡아당기며, 울부짖던 여인을 향해 일권을 내지른 것이다.

퍽!

"까악!"

여인은 머리 반쪽이 날아가는 참혹한 죽음을 맞았다. 이에 이영이 부르짖었다.

"무슨 짓이에요!"

"살수였습니다."

"……!"

그때였다.

쓰러졌던 여인이 이영을 향해 벼락같이 두 손을 뻗었다. 하지만 그녀의 두 손은 이영의 지척에 이르지도 못하고 뎅강 잘려 날아갔다.

서걱!

"아악!"

뒤이어 잘린 머리가 땅으로 떨어졌다.

털썩!

데구루루.

"속히 마차에 오르십시오, 마마."

이영 부부는 황급히 마차에 올랐다.

"전속으로 달린다!"

"예!"

두두두!

## 2장
# 검왕 일맥은 남부군단으로

비월의 지극히 평범한 무사로 변신한 고미의 첫 보고는 황도에서 일어난 사건과 관련한 것이었다.

황족의 죽음에 이어 이영까지 공격당했다는 대목에서 이환은 눈빛을 가라앉혔다.

"동창과 금의위, 금군까지 총동원되어 수색에 나섰지만 제대로 된 성과를 올리지 못했다고 합니다."

"누이가 무사한 건 확실한가?"

"예. 무사하십니다. 대군께서 남겨 두신 호위들의 역할이 매우 컸다고 합니다."

"다친 친구들은 없나?"

"모두 무사하지만, 부상 여부까지 확인되지는 않았습니다."

이환은 도왕 일맥의 무사들을 떠올렸다.

그들을 이영의 저택에 머무르게 한 것이 결과적으로는 신의 한 수가 된 셈이었다.

"이전에도 이와 비슷한 사건이 있었나?"

"예. 몇 번에 걸쳐 도심에서 관료들이 공격받는 사건이 있었습니다. 하지만 이번처럼 황족을 노린 경우는 처음입니다. 게다가 앞으로 계속해서 황족을 처단하겠다는 내용의 대자보를 현장에 남겼다고 합니다."

"죽은 황족이 이황자와 가까운 사람이었나?"

"예."

"하면 이황자 쪽 소행은 아니라는 거군."

"그렇습니다."

딸그락.

이환이 차를 한 모금 마시고는 고미를 직시하며 물었다.

"이런 사건이 왜 일어났다고 보느냐?"

"감히 사견을 말씀드리자면, 대신들을 향한 백성들의 원성이 점점 커지고 있는 상황입니다. 근자에 들어 대신들의 자제들이 꽤 많은 사건 사고를 일으켰는데, 누구 하나 처벌받지 않고 풀려났습니다. 특히 대도독의 장남은 사람까지 죽였음에도 증거가 없다는 이유로 방면되었습니다. 어쩌면 이러한 사건들에 대한 불만이 폐하를 비롯한 황족으로 옮겨 간 것 같습니다."

"조정 대신 열에 여섯이 황후와 이황자를 지지한다고 했나?"

"조금 과하게 잡으면 일곱까지 볼 수도 있는 상황입니다."

"완전히 그쪽 판이 되어 버렸군. 도대체 이 지경이 되도록 황제는 뭘 한 건지."

"……."

딸그락.

이환은 남은 차를 마저 마셨다.

"황도도 황도지만 귀주 쪽 분위기를 제때제때 살피도록 해. 가능하면 양측의 무림인들이 어떤 무공을 사용하는지도 파악하도록 하고. 특히 독을 쓰는 자가 나타나면 그 즉시 보고해야 한다."

"알겠습니다."

"그만 가서 쉬어."

고미가 물러갔다.

이환은 창가로 걸어가 창문을 열었다.

세상은 뜨거운 여름이지만 이곳은 밤이 되면 찬바람이 돌았다.

까가강!

"으합!"

뒷마당에서 송천무와 차중경이 열심히 수련 중이었다. 검과 검이 부딪치며 일어난 불꽃이 이환의 동공에 맺혔다가 사라지기를 반복했다.

이환은 생각에 잠겼다.

'내가 여기 있는 게 맞나 모르겠군.'

황도에서 황룡상단을 무너뜨리면서 느낀 건, 황궁의 상황이 보고 느꼈던 것보다 훨씬 심각하다는 것이었다. 한 발 삐끗하면 태자가 위험에 처할 수도 있는, 그런 상황이었다.

그러던 차에 황족을 노리는 정체불명의 세력까지 나타났다.

'내가 지금 누구 걱정을…….'

이환은 상념을 떨쳐 내고 창문을 닫기 위해 손을 뻗다가 뭔가 날아오는 것을 발견하고는 슬쩍 몸을 비틀었다.

퍽!

따르르…….

창틀에 박힌 검이 바르르 떨렸다.

"헉!"

차중경의 입에서 허파에 바람 빠지는 소리가 터졌다. 검은 그의 것이었다. 수련 도중에 그만 놓친 모양이었다.

이환은 차중경을 응시하며 혀를 찼다.

"무사가 검을 놓치다니. 만약 천무가 적이었다면 넌 이미 죽음 목숨이야."

"죄송합니다. 손바닥에 땀이 너무 나는 바람에……."

"적이 그것까지 봐줘 가면서 싸운다더냐?"

"……."

이환은 군영 앞쪽을 병풍처럼 두르며 솟아오른 산을 응시했다.

"저 산 정상에 적송이 한 그루 있더군. 지금 당장 나뭇가지를 꺾어 온다. 미리 말하는데 적송은 딱 한 그루뿐이다?"

"대군, 그건……."

"실시."

"에이!"

후다닥!

차중경이 어둠 속으로 달려 나갔다.

그의 뒤로 송천무가 놀리는 소리가 이어졌다.

"멧돼지 조심하세요!"

"크아아아!"

차중경의 분노에 찬 괴성이 밤의 정적을 무참히 깨트렸다.

이틀 후.

고미가 다시 이환을 찾았다.

"남궁세가와 황보세가가 격돌했는데, 양측의 사상자가 상당하다고 합니다."

"남궁장천이라는 애송이는 어떻게 되었나?"

"황보세가의 가주와 일대일로 격돌했는데, 승패를 가리지 못했다고 합니다."

이환의 두 눈이 이채를 발했다.

"귀재가 맞긴 맞나 보군. 그 나이에 가주와 붙어서 승패를 가리지 못하다니 말이야."

"지시하셨던 특이한 무공을 사용하는 자는 현재까지 발견되지 않았습니다. 독공을 쓰는 자도 아직 나타나지 않았습니다."

"그들 말고 다른 무림인들의 동향도 면밀하게 살펴봐야 한다. 양상이 확전으로 흘러가면 분명 더 많은 무림인이 나타나게 될 테니까."

"염려 마십시오. 이미 그러라 지시를 내려놓았습니다. 한데 어젯밤에 짐승의 울부짖음과 비슷한, 이상한 소리가 들리는 것 같던데…… 혹시 들으셨습니까?"

"어, 별거 아니다."

대강 둘러댄 이환은 찻잔을 내려놓고 일어섰다.

"총사를 만나 봐야겠다."

"다녀오십시오."

밖으로 나선 이환은 팽무위의 막사로 향했고, 철무옥이 뒤를 따랐다.

가면서 군영 곳곳을 둘러보니 긴장감이라고는 찾아볼 수가 없었다.

철무옥이 기가 찬다는 어조로 말했다.

"이러다가 기습을 당하면 그냥 무너지겠는데요?"

"정찰을 통해 정보를 취하고 있으니 그럴 일은 없겠지. 무사들도 정보를 바탕으로 안심하는 것이고."

"그래도 명색이 군대인데……."

"놔둬. 이럴 때도 있어야지."

잠시 후 이환은 팽무위의 거처로 들어섰다. 부장과 차를 마시고 앉았던 팽무위가 벌떡 일어섰다.

"어서 오십시오, 대군."

"일전에 얘기했던 건 어떻게 되었소?"

"그게 연락을 취해 봤더니 일정이 바뀌어서 보내지 않았다고 합니다."

이환은 내심 웃었다.

'우리 손에 죽은 놈들을 자기 쪽 사람이 아니라 딱 잡아뗄 심산이군. 하긴 월주가 죽었으니 혹시 모를 사태에 대비해 미리 발을 빼는 게 낫긴 하겠지.'

이환은 자리에 앉으며 다시 물었다.

"도주한 놈은 어떻게 되었소?"

"이미 멀리 도망간 것 같습니다. 죄송합니다, 대군."

"미안해하지 마시오. 작정하고 도망친 놈을 무슨 수로 잡겠소? 나도 차 한 잔 주시오."

"예! 잠시만 기다려 주십시오!"

팽무위의 부장이 밖으로 나갔다. 이환은 팽무위를 직시하며 다른 말을 꺼냈다.

"일전에 얘기했던 무림인들을 보충하는 문제 말이오. 아무리 생각해도 하북팽가는 곤란할 것 같소. 괜히 구설에 휘말리면 총사의 입장만 곤란해지지 않겠소?"

"소장은 상관없습니다."

"아니, 총사의 직을 수행하는 것만도 여간 힘든 일이 아닌데, 괜히 수고를 끼치고 싶지 않소. 해서 내 사병을 불러들이기로 했소."

"대군께 사병이 있었습니까?"

"사병이랄 것까지는 없지만 재주가 뛰어난 친구들이라 제법 도움이 될 거요."

"하면 그렇게 하십시오. 소장은 그저 대군의 뜻에 따르겠습니다."

"이황자 쪽에는 가급적 비밀로 해 주시오. 총사를 도울 마음으로 한 일이 괜히 엉뚱한 오해를 사면 서로가 불편해지지 않겠소?"

"알겠습니다. 뭐, 이 정도는 총사의 재량으로 충분히 가능한 부분이니 염려하지 마십시오."

지켜보던 철무옥은 기가 막혔다.

지금 팽무위는 완전히 이환의 수족처럼 행동하고 있었다. 당장 팽가가 아닌 이환의 사병을 불러들인다는 것부터 너무 쉽게 받아들였다.

'믿을 수가 없군. 특별히 어떻게 한 것도 없는데, 사람을 저렇게까지 굴복시키다니.'

이 정도면 조금 더 과장해서 자신보다 더 충성스러운 수하라고 해도 과언이 아닐 정도였다.

"드십시오, 대군."

마침 부장이 차를 갖고 들어오면서 대화는 자연스럽게 중단되었다.

이환은 차를 몇 모금 마신 후에 지금껏 물어보지 못한 이야기를 꺼냈다.

"혹시 대야성이라고 들어 봤소?"

"대야성은 이백 년 전쯤에 멸망한 세력이 아닙니까?"

"혹시 그들이 멸망한 이유를 아시오?"

"그건 소장도 모릅니다. 다만 대야성의 성주가 고금 최강이었고, 대야성 역시 최강의 세력이었던 것만 들어서 알고 있습니다. 한데 갑자기 그건 왜 물으시는지요?"

"아, 우연히 고서를 접했는데, 대야성에 관한 내용이 있어서 궁금해하던 참이었소."

딸그락.

이환은 뜨거운 차를 단숨에 비우고 일어섰다.

"벌써 가십니까?"

"바쁜 총사를 방해해서야 쓰겠소?"

"소장은 괜찮습니다만."

"아니요. 차야 나중에 또 함께 마시면 될 일, 하면 수고하시오."

팽무위는 사령실 밖까지 이환을 배웅했다.

그 모습에 철무옥은 다시 한번 실소를 머금었다.

거처로 향하는 길에 철무옥이 물었다.

"팽무위를 보면 이미 여긴 대군의 손안에 들어온 것이나 마찬가지인데, 굳이 검왕 일맥을 불러들일 필요가 있겠습니까?"

"그들도 너희 일맥이 있는 도시로 간다."

"예? 하면 팽무위에게 왜 그런 말씀을 하신 겁니까?"

"팽가를 불러들이는 것을 사전에 차단하기 위해서다. 내가 사병을 부른다고 했으니 총사도 팽가를 불러들일 생각을 더는 하지 않겠지."

철무옥이 머리를 긁적이고는 다른 것을 물었다.

"하면 그들이 머물 거처는 구하셨습니까?"

"일전에 왕지경이 그러는데, 황도 인근에 쓰지 않는 저택이 하나 있다고 하더군. 거기면 충분할 거야."

'역시 빈틈이 없으시다.'

내심 감탄한 철무옥이 뜬금없이 물었다.

"모든 일을 처음부터 계획하고 하시는 겁니까? 아니면 그때그때 방법을 찾아내시는 겁니까?"

"뜬금없는 질문이군."

"정말 궁금해서 이럽니다."

"그때그때 상황에 맞춘다고 보는 게 맞지 않을까? 임기응변이라고 해 두지."

"……."

왕지경은 새로 태어난 기분이었다.

자신의 터전을 위협했던 황룡상단주 염유광이 옥에 갇히면서 더는 거칠 것이 없었다.

더욱더 고무적인 것은 태자궁에서 드디어 반응을 보이기 시작했다는 점이었다.

'이게 다 그 친구 덕분이지! 암!'

왕지경은 이환을 떠올리며 부지런히 이것저것을 지시했다.

지금 그가 있는 곳은 상당한 규모의 저택이었다. 평소 관리인만 두고 쓰지 않던 그곳을 손보는 것은 이환이 보낸 전서 때문이었다.

**안 쓴다는 저택을 좀 빌려야겠소.**

내용은 그게 전부였다.

하지만 왕지경은 그걸로도 충분했다. 해서 그는 직접 나서서 대대적으로 청소하며, 집기와 가구도 새것으로 교체하는 중이었다.

"대인!"

총관이 뛰어왔다.

"무슨 일인가?"

"마마께서 오셨습니다!"

"마마께서?!"

왕지경이 황급히 천으로 손을 닦고는 정문으로 뛰어갔다.

이영과 호위들이 막 정문을 넘어서고 있었다.

"아이쿠, 마마! 흉적들이 날뛰어 매우 위험한데 어인 일로 이 누추한 곳까지 행차하셨습니까?"

이영은 빙그레 웃었다.

"저택이 너무 좋군요."

"일전에 아내가 마음에 들어 해서 사들였는데, 세상을 뜬 이후로는 거의 찾지 않고 방치했습니다. 그래도 쓸고 닦고 하면 쓸 만할 겁니다."

왕지경은 아내와 사별했다.

이후로 새장가는 물론이고 첩도 들이지 않았다. 호색을

즐긴다는 소문과는 딴판이었다.

"아! 어서 안으로 드십시오. 차를 준비하겠습니다."

"아뇨. 곧 사람이 오기로 하였으니 그때 같이 마시죠."

"누가 오십니까?"

"태자궁에서 사람이 오기로 했어요. 일전에 언급했던 함께 진행할 사업과 관련하여 대화를 나눠 볼까 해서요. 아, 마침 오셨네요."

"……!"

왕지경의 고개가 반사적으로 정문 너머를 향해 돌아갔다. 관지백이 막 말에서 내리고 있었다.

'저분은 태자 전하의 그림자라는…….'

왕지경은 관지백을 기억하고 있었다. 그는 재빨리 옷매무새와 표정을 고쳤다.

관지백이 다가와 이영을 향해 머리를 조아렸다.

"마마를 뵙습니다."

"어서 오세요, 장군."

"위험한 일이 있었다고 들었습니다."

"저기 믿음직한 호위들이 있어서 별일 없이 잘 넘어갔답니다."

이영이 조금 뒤에 서 있는 도왕 일맥의 세 청년을 가리켰다. 청년들이 관지백을 향해 포권을 취했고, 왕지경도 관지백을 향해 꾸벅 머리를 숙였다.

“어서 오십시오, 장군!”
“또 뵙소이다, 왕 대인.”
두근두근!
왕지경의 심장이 요동치는 순간이었다.

이환이 황궁을 떠나기 전에 관지백에게 이렇게 말했다.
“적당한 때를 봐서 장군이 왕지경을 한번 찾아가시오. 그가 원하는 걸 들어주는 척만 해도 원하는 것 이상을 얻을 수 있을 거요.”
“돈을 말씀하시는 겁니까?”
“그자한테 얻어 낼 게 그거 말고 또 있소?”
“알겠습니다.”
이환은 이 말을 덧붙였다.
“잘만 다루면 우군으로서 가치가 충분한 사람이니 진심으로 대하도록 하시오.”
“알겠습니다.”
오늘이 바로 그날이었다.
이환의 말처럼 관지백은 태자궁에서 공주의 사업에 관심이 크다는 점을 언급했다. 그러자 왕지경은 눈물까지 글썽거렸다. 그리고 이날의 백미는 이 말이었다.

"신검이 부탁하더이다. 왕 대인을 내 사람처럼 대해 주라고. 하니 앞으로 잘해 봅시다."

조나라와 진나라의 서쪽 최전방 적수(赤水).

남궁세가의 대공자 남궁장천은 안개가 자욱하게 깔린 호수를 응시하며 슬며시 미간을 좁혔다.

"정찰병이 돌아올 때가 한참이 지난 것 같군요."

옆에 서 있던 장수가 말을 받았다.

"조금만 더 기다려 보시지요."

장수가 곧장 물었다.

"몸은 괜찮습니까?"

"예. 딱히 크게 다친 것도 아니라서 괜찮습니다."

"참으로 대단하십니다. 황보세가의 가주는 조나라에서도 알아주는 무림의 고수라고 들었는데, 그런 자를 홀로 물리치다니 말입니다."

"그게 그렇게 대단한 일인가요?"

"대단하다마다요! 솔직히 우린 지켜보면서 혹시라도 공자가 잘못되면 어쩌나 가슴을 졸였습니다."

연신 감탄을 늘어놓는 장수였다. 하지만 남궁장천의 두 눈은 그렇지 못했다.

'나도 황보세가주도 최선을 다한 결투가 아니었으니 무의미한 결과일 뿐.'

며칠 전, 남궁장천이 이끄는 남궁세가는 황보세가와 정면으로 맞닥뜨렸었다. 그때 남궁장천은 황보세가의 가주와 한판 승부를 겨뤘고, 결과는 황보세가가 물러가면서 남궁세가의 승리로 막을 내렸다.

모두는 남궁세가의 승리라 말했지만, 남궁장천은 크게 의미를 두지 않고 있었다.

그때였다.

안개 너머에서 뭔가 움직였다. 뒤이어 무사 한 명이 휘청거리며 모습을 드러내었다.

장수가 놀라 외쳤다.

"어째서 혼자 돌아온 것이냐!"

"유, 유령 같은 자들이 나타나…… 도, 동료들을 모두 죽였……."

무사는 말을 다 잇지 못하고 쓰러졌다.

주변의 무사들이 황급히 부축했지만 이미 숨이 끊어진 뒤였다.

"비키세요."

남궁장천이 죽은 무사를 살피기 시작했다.

장수가 물었다.

"이상한 점이라도 있습니까?"

"조용히 해 주시죠. 집중에 방해됩니다."

"……."

죽은 무사의 상처 부위를 면밀하게 살핀 남궁장천이 천천히 일어서며 말했다.

"조나라 군영에 황보세가 말고 또 다른 무림인들이 합류한 것 같군요. 그것도 아주 강한 고수입니다."

"상처만 보고 그걸 알 수 있단 말입니까?"

"고수일수록 흔적을 선명하게 남기는 법이죠. 물론 그것을 알아볼 수 있는 사람이 드물 뿐."

남궁장천은 뒤쪽으로 향했다. 남궁세가의 고수들이 모여 있는 곳이었다.

"적진에 고수들이 늘어났으니 다들 조심하세요."

"예! 대공자!"

남궁장천은 따라온 장수를 향해 말을 이었다.

"병력 지원을 요청하세요. 최소한 절정 이상의 고수들로 가능한 한 많이. 서두르는 게 좋을 겁니다."

"알겠습니다."

장수가 재빨리 군영으로 뛰어갔다.

남궁장천은 여전히 짙은 안개에 휩싸인 호수를 응시하며 눈빛을 가라앉혔다.

'죽은 자의 몸에 마기를 남길 정도의 고수라면 앞으로 쉽지 않은 싸움이 되겠구나.'

호수 서쪽.

그곳에 한 무리의 조나라군이 모여 있었다.

남궁장천과 격돌했던 황보세가의 가주를 비롯하여 백여 명쯤 되었다.

황보태진(皇甫太津).

당대 황보세가의 가주이자, 조나라에서 손에 꼽히는 고수라 자타가 인정하는 자였다. 그가 자신의 철장갑을 내려다보며 눈빛을 가라앉혔다.

'지금껏 철장갑이 일그러진 적은 없거늘.'

며칠 전, 남궁장천과의 격돌이 남긴 흔적이었다. 금강석도 부순다는 철장갑이 남궁장천의 검에 사정없이 일그러졌다.

'천고의 기재라더니 결코 헛소문이 아니었다. 이대로 십 년만 지나면 천하에 놈을 감당할 자, 아무도 없을 것이다.'

천하일절(天下一絶)이라 자타가 공인하는 남궁세가의 중검(重劍)은 과연 명불허전(名不虛傳)이었다.

남궁장천은 중검을 거의 완벽하게 펼쳤고, 그를 얕봤던 황보태진은 하마터면 최악의 수모를 당할 수도 있었다.

'이놈…… 내가 최선을 다한 것이라 착각하지 말거라.'

남궁장천을 떠올리며 지그시 입술을 깨물어 갈 때였다.

안개 너머에서 모습을 드러내는 자들이 있었다.

저마다 칙칙한 회포를 머리끝까지 뒤집어쓰고 느릿느릿 걸어오는 모습이 마치 유령을 연상시키는 자들이었다.

선두의 한 회포인이 황보태진을 향해 말했다.

"적의 정찰병이 코앞까지 접근했었소."

"모두 죽였소?"

"한 놈을 놓쳤소."

"하면 당신들 정체가 드러난 것이 아니오?!"

"문제 될 거라도 있소?"

꿈틀.

회포인의 도발적인 언사에 황보태진의 눈썹이 칼날처럼 휘어졌다. 하지만 그는 안개 속으로 사라지는 회포인들을 향해 더 이상 말하지 못했다.

"참으십시오. 원래 저런 자들이지 않습니까."

황보세가의 중진이 그를 달랬다.

"저놈들 정체가 드러났으니, 진나라군도 반드시 더 많은 무림인을 불러들일 것이다. 저 무지렁이 같은 놈들은 그걸 생각조차 하지 못하고 있지 않느냐."

"그렇겠군요. 하면 우리도 병력 지원을 요청해야 하지 않겠습니까? 무림인들간의 균형이 무너지면 본가만 피해가 커질 수 있습니다."

"그래야지."

황보태진은 성난 눈빛으로 회포인들의 뒷모습을 노려보았다.

"군영으로 돌아간다!"

평소와 달리 고미가 아침부터 이환을 찾았다.

"식사는 했나?"

"보고부터 드리겠습니다."

고미가 바로 말을 이었다.

"귀주성 서북쪽 적수에 유령곡의 마인들이 나타났습니다. 아무래도 조나라가 열세를 만회하기 위해 불러들인 것 같습니다."

"지금 유령곡이라고 했나?"

"예, 대군."

이환은 눈빛을 가라앉혔다.

'놈들의 후예일까?'

자신의 시대에 자신에게 맞섰던 몇 안 되는 세력 중에 유령곡(幽靈谷)이라 불리던 세력이 있었다. 마인들의 집합체로, 혈마, 광마만큼이나 애를 먹인 곳이었다.

"놈들에 대해 알고 있나?"

주태가 대답했다.

"유령곡은 알려진 게 거의 없는 신비 집단입니다. 다만 구성원 모두가 마인이라는 정도만 세상에 알려져 있습니다."

'이 녀석은 모르고 있다.'

이환은 철무옥을 응시했다.

"저도 그 정도만 알고 있습니다."

이환의 시선이 고미의 얼굴로 옮겨졌다. 고미가 머리를 숙였다.

"죄송합니다. 유령곡을 따로 조사한 적이 없어서……."

탁.

이환은 젓가락을 내려놓고 냉수를 마셨다.

'그때 그 유령곡의 후예들이라면…….'

이환은 알 수 없는 묘한 감정에 사로잡혔다. 자신의 대야성은 사라졌는데 적은 명맥을 유지하고 있었다?

결코 기분이 좋을 수는 없었다.

"판이 점점 커지는 거 같은데, 이러다가 정말 두 나라가 전면전으로 가는 건 아닌지 모르겠습니다."

"전면전으로 가면 연나라는 가만히 앉아서 이득을 취할 수 있는 거 아닌가? 그럼 오히려 쌍수를 들고 환영해야지."

철무옥의 말을 주태가 받았다.

하지만 고미는 고개를 저었다.

"우리 연나라 때문에 전면전으로 가지는 않을 겁니다. 힘의 균형이 무너지는 순간, 한쪽이 잡아먹히는 구도이니까요. 삼국이 지금껏 유지되어 온 가장 큰 이유가 그것입니다."

모두가 대화를 나누다 말고 입을 다물었다. 이환이 아무 말이 없었기 때문이다.

주태가 눈을 휘둥그레 치뜨며 철무옥을 돌아봤다.

[무슨 생각을 저렇게 하시는 거냐?]

[글쎄다.]

그때 이환이 입을 열었다.

"세상 구경을 좀 해야겠어."

"예?"

"예?"

갑작스러운 이환의 말에 모두가 의아한 표정으로 그를 주목했다.

"조, 진 두 나라가 돌아가는 꼴을 보니 한동안 이곳 걱정은 하지 않아도 되겠어. 무옥과 주태, 월주는 나와 함께 간다."

"귀주성으로 말입니까?"

"그래. 가서 견문도 넓히고, 이것저것 확인할 것도 있고 하니 바로 떠날 준비나 해 둬. 나는 총사에게 다녀오마."

이환은 바로 일어섰다.

그때 송회와 송천무, 차중경이 거의 동시에 벌떡 일어섰다.

"저도 가겠습니다!"

"저도 데려가 주십시오!"

"저는요?"

"너희 실력으로는 거긴 너무 위험하다. 하니 여기 남아서 부장과 함께 수련에 정진하도록 해."

송회가 재차 나섰다.

"소장만이라도 함께 가게 해 주십시오! 저번에도 소장만 대군과 함께하지 못했습니다!"

이환은 살짝 마음이 흔들렸다. 안 그래도 송회에게 미안한 마음이 있었다.

하지만 적지로 가는 일이기에 상대적으로 무력이 떨어지는 송회를 데려갈 순 없었다.

"부장은 용호군과 이 녀석들 수련을 감독해야지. 그것도 나를 보필하는 것만큼이나 중요한 일이다."

"……."

"그걸 해 줄 수 있는 사람은 너뿐이다, 부장."

"알겠습니다."

이환은 송천무와 차중경을 향해 한마디 더 했다.

"다음부터라도 함께하고 싶으면 죽을힘을 다해 실력부터 늘려. 내가 너희 죽을 걱정은 하지 않게끔. 알았나?"

"……예."

"알겠습니다."

막사로 돌아온 고미는 간단하게 식사하고 새 옷으로 갈아입었다.

그러고는 그녀와 함께 남은 여무사와 짐을 꾸렸다.

고미가 여무사를 물끄러미 응시했다. 면구 제작에 탁월한 실력을 지녔다는 이유로 홀로 남은 여무사였다.

"무슨 걱정이라도 있으십니까? 안색이 어두우세요."

"너 때문이지."

"예?"

"내가 떠나면 너 혼자 남잖아. 사내들만 득실대는 군영에."

"누가 저를 여자로 봐 주기나 합니까? 전 괜찮습니다."

고미는 여무사가 해맑게 웃으니 더 신경이 쓰였다.

"태자 전하께서 하사하신 술도 챙겼습니다."

"너 말이야."

"예?"

"내가 돌아올 때까지 대군의 전각에서 머물도록 해. 그래야 내가 마음이 놓일 것 같아."

"혼자가 편한데……."

"안 돼. 얼른 침 챙겨."

"……예."

잠시 후 고미와 여무사는 막사를 나섰다. 이환 등은 이미 마당에 나와 있었다.

이환이 물었다.

"그 친구를 데려갈 생각인가?"

"아닙니다. 혼자 두기가 신경이 쓰여서 그러는데, 대군의 전각에 머물도록 해 주십시오."

"나야 상관없지만 괜찮겠나?"

여무사가 씩씩하게 대답했다.

"괜찮습니다!"

이환이 송회를 돌아보며 말했다.

"잘 챙겨. 아주 귀한 재주를 지닌 친구다."

"알겠습니다."

이환은 송천무와 차중경을 응시했다. 둘 다 시무룩한 표정으로 다른 곳을 쳐다보고 있었다.

피식.

"너희 둘."

"예."

"예."

"다녀와서 만족할 만큼 실력이 늘었으면 새로운 초식을 전수해 주마."

"정말입니까?"

"진짜로요?"

"대신 만족할 만큼 늘지 않으면 각오하는 게 좋을 거야."

"염려 마십시오! 죽을힘을 다해 열심히 하겠습니다!"

"조심히 잘 다녀오십시오!"

'단순한 녀석들.'

귀주성으로 가장 빨리 가려면 진나라의 북부 지역을 타고 내려가야 했다.

이환은 말이 아닌 도보를 택했다.

시간은 더 걸리지만 신분을 감추기에 훨씬 유리한 까닭이었다. 연나라는 말을 국가가 관리하기 때문에 말을 타고 이동하면 수시로 검문을 당할 수도 있었다.

또한 연나라의 남부군단은 서쪽으로 조나라, 남쪽으로 진나라와 마주한 지역이어서 도보로 이동해도 빨리 넘어갈 수 있었다.

사흘 후.

모두는 진나라의 영토로 들어섰다.

고미는 살짝 들떠 있었다.

비록 암행과 정보에 특화된 비월이라지만 연나라를 벗어난 적은 거의 없었다.

따라서 그녀에게는 비록 적국이지만 완전히 새로운 경

험이자 여정이었다.

우르릉!

갑자기 천둥이 쳤다.

뒤이어 빗줄기가 떨어지기 시작했다.

아직 산중이었던 모두는 마침 폐가를 발견하고는 안으로 들어갔다.

철무옥과 주태가 건량을 꺼냈고, 고미는 술을 꺼냈다.

이소가 이환에게, 이환이 고미에게 줬던 해동의 명주였다.

"드시겠습니까?"

"이걸 아직도 갖고 있었나?"

"무사들이 마다해서 남았습니다."

모두는 건량으로 허기를 달래며 비가 그치기를 기다렸다.

고미가 물었다.

"귀주로 가는 목적을 정확하게 알고 싶습니다."

"적국의 정보를 얻기 위함이라고 생각해라."

"전쟁터에서 말입니까?"

"서로 치고받느라 정신이 없으니 흘러나오는 정보도 당연히 많겠지. 월주는 진나라의 주요 지역을 기억해 뒀다가 지도로 만들고, 너희들은 두 나라의 무림인들, 특히 강한 자들을 면밀하게 살펴보도록 해."

"알겠습니다."

"예."

고미는 이환이 뭔가를 숨긴다는 느낌을 받았다. 하지만 더 묻지는 않았다.

꽈르릉!

쩌저적!

천둥 벼락이 점점 더 기승을 부렸다. 바람까지 강해지면서 폐가 안으로 들이쳤다.

“아무래도 오늘은 여기서 밤을 보내야 할 것 같습니다.”

“모닥불을 지피겠습니다.”

고미가 폐가 안에 널브러진 나무 쪼가리를 주워 모닥불을 피웠다. 모닥불에 나무를 더 얹기 전에 어둠이 깔리기 시작했다.

며칠을 쉬지 않고 걸은 탓일까?

모닥불이 전하는 온기에 노곤해진 모두는 벽에 기대어 눈을 감았다.

고미는 상념에 잠겼다.

‘대군과 함께하며 꽤 많은 일을 했어.’

그녀는 이런저런 생각을 하다가 갑자기 실소를 머금었다.

피식.

‘내 주제에 어사가 될 줄이야.’

어사가 될 거라고는 상상조차 하지 못했다. 자신의 나이에 암행, 정보 기관인 비월의 수장과 감찰 기관인 어사를 겸한 사람은 역사에 없을 것이다.

'참 좋아하셨을 텐데.'

부모를 떠올린 고미는 맞은편에 앉아 있는 이환을 응시했다.

모닥불이 반사된 이환의 얼굴은 한없이 유약해 보였다. 그가 해 온 일들을 생각하면 전혀 어울리지 않는 유약함이었다.

'대군은 왜 지금껏 실력을 감추고 계셨던 걸까? 다른 황족들은 없는 실력도 과장하기 바쁜데.'

여전한 의문이었다.

어쩌면 이환을 아는 모든 이들이 그녀와 같은 마음이리라.

휘이잉!

깨진 창을 통해 비바람이 들이치며 모닥불이 이리저리 흔들렸다. 덩달아 이환의 얼굴도 밝아졌다가 어두워지기를 반복했다.

그때였다. 이환이 눈을 뜬 탓에 고미는 재빨리 시선을 돌렸다.

마침 철무옥과 주태도 눈을 떴다.

"제가 나가 보겠습니다."

주태가 일어섰다.

고미가 의아한 표정으로 주태를 응시하자, 이환이 그녀를 향해 말했다.

"벽에서 떨어져라."

"예?"

"누가 오고 있다."

"……!"

'나는 아무것도 느끼지 못했는데.'

고미는 벽에서 떨어졌다.

주태가 밖으로 나갔다. 고미는 감각을 끌어올렸다. 그러자 미세한 기척이 흐릿하게 전해졌다.

하지만 사람인지 짐승인지 분간이 어려운 정도의 기운이었다.

'이 정도 차이구나.'

비록 몇 호흡할 시간에 불과했지만, 무림의 세계에서는 절대 극복할 수 없는 차이였다.

이환이 물었다.

"공력이 어느 정도나 되지?"

"이 갑자 정도 됩니다."

고미의 나이를 고려하면 절대 약한 수준은 아니었다. 아니, 오히려 대단하다고 할 수 있었다. 그녀 자신도 지금껏 공력의 부족함을 생각한 적은 한 번도 없었다.

하지만 이환은 그렇게 생각하지 않았다.

"조금 더 늘릴 필요가 있겠어."

"……."

그때 문이 열리고 주태가 들어섰다.

고미는 주태의 뒤쪽을 응시했다. 하지만 아무도 없었다.

"처리했습니다."

이환은 다시 눈을 감았고, 주태도 본래의 자리에 앉아 벽에 몸을 기댔다.

'처리했다는 게 어떤 의미일까?'

고미의 의문과는 상관없이 시간은 마치 아무 일도 일어나지 않았다는 듯이 무심히 흘러갔다.

우르릉!

쩌저적!

다음 날 아침.

비 온 후의 하늘은 시리도록 푸르렀다.

그 푸른 하늘 아래에 두 구의 시신이 쓸쓸히 누워 있었다. 시신은 평범한 복장을 하고 있었고 무기는 없었다.

시신을 내려다보는 고미의 눈빛이 다소 묘했다.

"이해할 수 없는 모양이군."

"아닙니다. 이해합니다. 여긴 적국이고 하물며 외진 곳에서 무기를 소지하고 있었으니, 목격자를 두면 위험해질 수 있습니다."

"다행이군."

"예?"

"앞으로도 그런 자세를 견지하도록 해."

"……."

여정을 재개했다.

고미는 맨 뒤에서 이동 중이었다.

반나절 정도 이동했을까?

도시가 나왔다. 호수를 끼고 세워진 도시는 제법 규모가 컸고, 오가는 사람들도 상당히 많았다.

일행들은 저잣거리로 들어섰다.

아직 목적지까지 며칠을 더 가야 해서 가면서 먹을 육포와 건량을 준비해야 했다.

"객잔으로 가지."

"예."

일행은 저잣거리에서 제법 크고 화려한 객잔으로 들어갔다. 이른 시간임에도 객잔은 사람들로 북적거렸다.

그나마 조용한 위층에 자리를 잡은 이환은 창을 통해 저잣거리를 바라봤다.

사람도 의복도 건물도, 그 어떤 것 하나조차 연나라와 다르지 않았다.

이환은 고미를 응시하며 물었다.

"삼국 중에서 어디가 가장 부국이라 생각하나?"

"단언할 순 없지만 정보만으로 추정하면 진나라가 가장

앞선다고 볼 수 있을 것 같습니다."

"지리적인 환경 때문인가?"

"그렇습니다. 진나라는 바다를 끼고 있어서 해동, 왜국과의 무역이 옛날부터 활발히 이뤄지고 있습니다. 그것을 통해 벌어들이는 돈이 상당한 것으로 알고 있습니다."

이환은 묵묵히 고개를 끄덕였다.

진나라는 중원의 노른자위에 해당하는 지역에 나라를 세웠다. 비록 면적은 연, 조에 비해 작지만, 그것을 상회할 지리적 이점을 충분히 지니고 있었다.

또한 군사적으로는 적국의 침공을 막기에 유리한 지형을 갖추고 있어서 전쟁이 일어난 적도 거의 없었다.

부국강병(富國强兵)은 어쩌면 진나라에 가장 잘 어울리는 말일 수도 있었다.

그에 반해 연나라는 중원의 중심부에 나라를 세웠지만 요동, 요녕 같은 척박한 지역이 동북부를 차지하고 있었고, 머리나 다름없는 북부에 여러 강력한 이족(異族)과 대치하고 있어서 국력의 소모가 상대적으로 큰 편이었다.

그나마 최근 들어 동방의 강국이자 부국인 해동과 상업적인 교류를 트면서 나라 살림이 점차 나아지는 상황이었다.

'그 양반이 후예를 잘못 뒀나?'

이환은 연태조 이적을 떠올렸다.

화산지연의 세 황제 중에서 그가 가장 출중한 사람이었

다. 따라서 이환은 머지않은 미래에 연나라가 두 나라를 압도할 것으로 생각했었다.

이환은 다른 것을 물었다.

"개방은 왜 조, 진에서만 활동하는 거지?"

고미가 대답했다.

"선황께서 개방의 활동을 불허하셨습니다. 당시 개방의 수장이 불순한 목적으로 습득한 정보를 조나라에 팔려다가 발각된 사건이 있었습니다. 그때 시행한 대대적인 탄압을 피해 조, 진 두 나라로 건너간 것으로 추정하고 있습니다."

"관무불가침도 그때 깨진 건가?"

고미가 눈이 동그래졌다.

"관무불가침을 알고 계셨습니까?"

"대답이나 해."

"아…… 관무불가침은 그 전에 깨졌지만, 그 사건 이후로 더 심화한 것은 사실입니다."

마침 요리가 나오면서 대화가 중단되었다.

모두는 식사를 시작했다. 며칠 동안 제대로 된 식사조차 하지 못한 까닭에 평소 소식을 하는 고미도 제법 많이 먹었다.

이환은 식사 중에도 바깥을 자주 내다봤다. 그러다가 눈빛을 발한 것은 저잣거리로 들어서는 일단의 무리를 보았을 때였다.

연한 청색 무복에 저마다 머리에 영웅건을 두른 쉰 명가량의 무사들이 저잣거리를 가로질러 서쪽으로 이동하고 있었다.

철무옥이 말했다.

"남궁세가의 무사들입니다. 행낭을 진 것을 보니 전장으로 향하는 것 같습니다."

이환은 묵묵히 고개를 끄덕이며 멀어지는 자들의 뒷모습을 응시했다.

'무복은 그때나 지금이나 변함없군. 역시 변한 것은 사람뿐인가?'

그때였다.

"저길 보십시오."

철무옥이 저잣거리 동쪽을 가리켰다. 그곳에서도 무장한 백여 명에 달하는 백포인들이 남궁세가의 무사들이 떠난 곳으로 이동하고 있었다.

"단리세가입니다."

"단리세가?"

"예. 최근에 급부상한 무림세가인데, 소문에는 남궁세가에 필적할 만한 전력을 갖췄다고 합니다. 저들 역시 전장으로 가는 것이라면 판이 더 커진 것 같습니다."

주태가 한마디 했다.

"진나라가 이러면 조나라도 무림인들을 더 불러들일 텐

데, 이러다가 정말 전면전으로 가는 거 아닙니까?"

이환은 객잔 안의 사람들을 살폈다. 식사를 즐기며 대화하는 이들은 매우 평안해 보였다.

'정작 이들은 전혀 걱정하는 기색이 없군. 그만큼 나라를 믿는다는 것이겠지.'

탁.

이환은 젓가락을 내려놓고 냉수를 마셨다.

"다 먹었으면 일어나지."

"예."

객잔을 나선 모두는 이동을 재개했다.

의도한 건 아니지만, 가다가 보니 저만치 앞에서 이동하는 남궁세가와 단리세가의 무사들을 따라잡게 되었다. 관도 위에는 그들 말고도 많은 사람들이 서쪽을 향해 이동중이어서 딱히 성가신 일을 걱정할 필요는 없었다.

이환의 시선을 잡아끈 것은 또 있었다.

한 무리의 개방도들이었다. 누가 봐도 개방도임을 알 수 있는 남루한 차림의 그들도 서쪽을 향하고 있었다.

'그땐 참 대단했었는데.'

천하제일방(天下第一幇).

이환의 시대에서 그들은 이렇게 불렸다. 개방은 압도적인 숫자로 천하의 모든 정보를 관장하며 전성기를 구가했고, 이환의 천하통일에도 혁혁한 공을 세웠다.

'저들은 대야성의 멸망 이유를 알고 있을까?'

이전부터 품은 의문이었다.

만약 개방이 연나라에서 활동하고 있었더라면 진즉에 찾아갔을 것이다.

'기회가 되면 한번 알아봐야겠어.'

날씨는 쾌청했다. 비가 온 다음 날이라 그런지 관도 위로 뱀이 자주 나타났다.

그 때문에 곳곳에서 아녀자들의 비명이 터졌다.

신이 난 쪽은 개방도들이었다. 그들은 뱀이 나타나는 족족 잡아서 허리에 달고 있는 대나무 바구니에 담았다. 그 모습을 지켜보며 모두는 실소를 금치 못했다.

과거나 지금이나 개방은 여전히 궁색했고, 삼시 세끼 해결이 최우선 과제였다.

"앗!"

고미가 화들짝 놀라며 옆으로 물러섰다. 살모사 한 마리가 나타난 것이다.

주태가 검집으로 살모사를 멀리 걷어 내자, 비로소 안도하는 고미였다.

이환은 흐릿하게 웃었다.

'이럴 땐 영락없는 여인인데.'

이환은 고미의 이런 모습이 오히려 보기 좋았다. 언제나 경직된 모습만을 보여 왔던 그녀였다. 어떨 땐, 남부군단으로 괜히 데려왔나 싶어서 미안한 마음이 들 때도 많았다.

'나중에 보답하마.'

이환은 나지막이 숨을 고르고는 주변의 풍경을 감상하며 이동했다. 똑같은 숲과 하늘이건만 마음을 가라앉히니 유람을 떠나는 것 같은 기분마저 들었다.

'나쁘지 않아.'

지극히 평온한 시간이었다.

적국의 중심을 지나가고 있었지만 아무도 그들을 의심하지 않았고, 따라서 경계할 일도 없었다.

휘이잉!

거센 바람이 안개를 쓸어 냈다.

그러자 참혹한 광경이 적나라하게 드러났다.

수백 구의 시신이 피로 물든 대지 위에 누워 있었다. 적인지, 아군인지 식별조차 불가능한 광경은 이곳에서 얼마나 치열한 전투가 벌어졌는지 짐작하게 했다.

그 참혹함의 한가운데에 남궁장천이 서 있었다.

그의 육신에서 수증기가 피어올랐고, 무겁게 늘어뜨린 검에서 피가 뚝뚝 떨어졌다.

"후욱."

남궁장천은 숨을 토하며 자신의 발치에 쓰러져 있는 적의 시신을 내려다봤다.

머리끝에서 발끝까지 칙칙한 회포를 두른 자. 바로 유령곡의 마인이었다. 남궁장천의 두 눈이 무겁게 가라앉았다.

"유령곡의 마인들까지 불러들이다니."

아군 정찰병을 잔혹하게 죽인 자들을 찾아 나섰다가 마인들과 맞닥뜨렸다.

그들은 소문보다 더 강했고 잔혹했으며 두려움을 몰랐다. 그 결과 함께 왔던 병력 대부분이 죽었다.

남궁장천의 마음을 무겁게 만든 건 수십 명의 적군에게 유령곡의 마인은 단 두 명뿐이었다는 점이었다.

"대공자!"

남궁세가의 고수 몇 명이 달려왔다.

그들은 남궁장천의 상태부터 살폈다. 남궁장천에게서 외상의 흔적을 찾지 못한 그들이 안도하며 말을 이었다.

"적이 곧 들이닥칠 겁니다! 속히 물러가야 합니다!"

남궁장천은 시선을 들어 적수 서쪽을 바라봤다. 여전히 그곳은 안개가 깔려 있었고, 안개 위로 솟아오른 산만이 흐릿하게 모습을 드러내고 있었다.

그때였다.

삐익! 삐익!

안개 너머에서 호각 소리가 날카롭게 울렸다.

적의 출현을 알리는 신호였다.

"어서 가시지요, 대공자!"

남궁장천은 비로소 돌아섰다.

그들이 사라지고 얼마 지나지 않아 참혹한 장내로 들어서는 자들이 있었다.

황보세가의 가주 황보태진이 이끄는 조나라의 무사들이었다. 주변을 살펴본 황보태진의 미간에 주름이 올라왔다.

"한발 늦었구나."

"남궁세가의 시신이 몇 구 보입니다!"

한 중진이 외쳤다.

"남궁장천인지 확인하거라!"

그 말에 황보태진이 실소를 머금었다.

"이런 곳에서 죽을 놈이 아니다."

그때였다.

"가주, 여길 좀 보십시오."

황보태진은 한 중년인이 있는 곳으로 향했다. 그곳에 마인의 시신이 있었다.

황보태진은 즉각 시신의 상처를 살폈다. 그러고는 눈빛을 가라앉혔다.

"남궁장천이 여기 있었군."

"어떻게 확신하십니까?"

"시신의 상처가 얼어 있다. 이건 남궁세가의 적자들만이 익히는 무공의 흔적이다."

황보태진은 동남쪽을 바라봤다.

서쪽에 비해 안개가 옅은 까닭에 꽤 먼 곳까지 시야에 들어왔다. 하지만 어디에도 진나라군은 보이지 않았다.

'아쉽구나. 조금만 더 일찍 왔더라면 좋았을 것을.'

황보태진은 미련 없이 돌아섰다.

남궁장천을 향한 앙금은 여전히 남아 있었지만, 더 깊숙이 들어가는 위험을 굳이 감수하고 싶지는 않았다.

"돌아간다."

"저곳이 적수입니다."

철무옥이 산 아래를 가리켰다.

지금 이환일행이 서 있는 곳은 산의 정상. 그곳에서 내려다보니 안개가 짙게 깔린 호수가 한눈에 들어왔다. 살살 불어오는 바람에 혈향(血香)이 섞여 있었다. 그것은 전장이 매우 가깝다는 것을 의미했다.

"이제 여기서 뭘 하면 되는 겁니까?"

이환은 더 감출 수 없다고 판단하여 이곳으로 온 목적을 말했다.

“사실 이곳으로 온 이유는 유령곡에 대해 조사를 해 보기 위함이다. 꽤 중요한 일이니까 먼저 머물 곳을 구한 뒤에 방법을 찾아본다.”

고미는 이해할 수 없었다.

유령곡은 신비에 가려져 있어서 정보통인 자신조차도 아는 게 거의 없었다. 그런 유령곡을 조사하기 위해서 전쟁이 벌어지고 있는 이곳까지 왔다니.

‘대군하고 유령곡 사이에 무슨 사정이라도 있는 걸까?’

고미가 의아해할 때, 이환이 산 아래로 향했다. 유령곡을 조사해야 하는 이유를 물어보려 했던 고미는 이환의 뒤를 따르며 기회를 엿봤다.

[혹시 유령곡이 대야성의 멸망과 관련이 있다고 보십니까?]

철무옥이 전음으로 물었다.

[놈들은 그 시대 때부터 존재했다. 만약 놈들이 당시 유령곡의 후예라면 원하는 답을 찾을 수도 있겠지.]

[알겠습니다.]

“일단 머물 곳부터 구한다. 가급적 호수와 가까운 곳으로 구하도록 해.”

“전장과 너무 가깝지 않겠습니까?”

"가까울수록 좋아."

"알겠습니다."

모두는 산을 내려갔다.

고미는 이환의 뒤를 따르며 살며시 눈살을 찌푸렸다. 확실히 이환이 뭔가 감추고 있다는 느낌을 더 강하게 받은 것이다.

'조금 전에 분명 저 사람과 전음으로 대화한 것 같은데.'

고미는 갑자기 짜증이 치밀었다.

'항상 이런 식이야.'

그녀는 이번만큼은 참지 않았다.

"대군."

"왜."

"제게 감추는 것이 있습니까? 아니, 감추는 게 있는 것 같습니다."

"없다, 그런 거."

"하면 이곳으로 온 진정한 목적을 말씀해 주시죠."

"유령곡에 대해 알아볼 생각이라 하지 않았나."

"그게 전부입니까?"

"그래. 그게 전부야."

고미는 걸음을 멈췄다. 이환도 덩달아 걸음을 멈췄다.

"진짜 너무하십니다!"

고미는 처음으로 짜증을 냈다. 따지기로 마음먹으니 그

동안 쌓였던 것이 확 올라온 것이다.

"처음부터 그런 목적이라 말씀을 해 주시면 안 됩니까? 그래야 저도 마음의 준비를 하지 않겠습니까!"

"그게 그러니까……."

"됐습니다!"

홱 하니 앞서 내려가는 고미.

이환은 당황스러웠다.

'아니, 여기까지 신나게 잘 따라와 놓고 갑자기 짜증을 내?'

이환은 당황한 눈빛으로 철무옥과 주태를 응시했다. 하지만 둘은 슬며시 그의 시선을 피했다.

둘의 마음은 이러했다.

'내가 하고 싶은 말인데.'

'충분히 짜증 날 만도 하지, 뭐.'

3장
# 유령곡의 정체

사악하면서도 음산한 분위기를 지닌 자였다.

칙칙한 회포 밖으로 드러난 눈빛은 마치 죽은 자의 그것처럼 섬뜩했고, 감정이 실리지 않은 목소리는 듣는 이로 하여금 절로 두려움을 자아내게 했다.

"놈의 무공은 확인하였느냐?"

"수하 두 명을 미끼로 던져 주고 확인하려 했지만, 우리가 찾던 무공은 아니었습니다."

"틀림없느냐?"

"예, 곡주. 저희가 틀림없이 확인하였습니다."

회포인은 유령곡의 모든 이들의 생사여탈(生死與奪)을 관장하는 곡주였다. 그는 지금 수하 두 명이 남궁장천에게 목숨을 잃었다는 보고를 받는 중이었다.

곡주가 싸늘히 중얼거렸다.

"연나라에서 탈혼기를 썼다는 자를 찾아 나서야 하거늘, 여기서 전쟁놀이나 하고 있어야 한다니."

"지금이라도 총사의 명 따위는 무시하십시오."

"그럴 순 없다. 총사는 황제가 신임하는 자다. 우리가 완벽해지지 않은 시점에서 총사와 틀어진다면 우리를 눈엣가시처럼 여기는 황제 쪽에서 먼저 우리를 치려고 들 터. 하니 선조들의 대업을 완수하기 전에 우리가 먼저 곤경에 빠지는 일은 없어야 한다."

"차라리 황제를 먼저 제거하는 게 어떻겠습니까? 어차피 제거해야 할 자이지 않습니까."

"지금은 때가 아니다."

"하지만……."

꿈틀.

곡주의 눈썹이 칼날처럼 휘어졌다.

"그만."

"죄송합니다!"

싸아아…….

실내에 한기가 몰아치더니, 보고하던 자의 눈썹과 수염에 순식간에 하얀 서리가 내려앉았다.

"당장은 이 전쟁에 집중하면서 진나라의 무인들을 확인한다. 알겠느냐?"

"예, 곡주!"

그때였다.

밖에서 음산한 음성이 흘러들었다.

"곡주, 황보세가주가 찾아왔습니다."

"들여라."

덜컹.

문이 열리고 황보태진이 들어섰다.

혈광이 어린 곡주의 두 눈이 황보태진을 향했다. 황보태진은 실내에 가득 차 있는 지독한 한기에 슬며시 미간을 찡그리고는 곡주를 향해 말했다.

"오늘 밤 적진을 기습하겠다는 총사의 뜻이 있었소. 총사는 유령곡이 직접 나서 주기를 바라고 계시오."

"총사가 아니라 가주의 뜻이 아니오?"

"누구의 뜻이건 결정이 났으니 따르면 될 일이 아니겠소?"

쩌쩌적!

한기가 강해지면서 벽이 하얗게 얼어붙었다. 철장갑에 서리가 내려앉았지만, 황보태진은 눈도 깜박하지 않았다.

둘의 시선이 허공에서 사납게 얽혀 들었다.

황보태진이 한마디 더 했다.

"답을 더 기다려야겠소?"

"남궁장천이라는 애송이와 손을 섞었다고 들었소. 혹시 놈에 대해 해 줄 말은 없소?"

"없소."

곡주의 입 언저리가 슬며시 치켜 올라갔다.
“자존심 때문이오?”
꿈틀.
이번에는 황보태진의 눈썹이 칼날처럼 휘어졌다. 곡주의 언사는 명백한 도발이었다.
하지만 황보태진은 더 나가지 않았다. 둘에게 이런 상황은 수시로 일어나는 일상이었다.
곡주가 싸늘히 웃었다.
“후후후. 총사의 뜻에 따를 것이니 그만 돌아가시오.”
곡주를 노려보던 황보태진이 말없이 그대로 돌아갔다. 곡주는 의자에 몸을 깊숙이 묻으며 두 눈에서 혈광을 번뜩였다.
“하찮은 것이 감히.”
그는 잠시 침묵을 지켰다.
실내의 다른 이들은 그의 명령이 떨어지기를 숨죽여 기다렸다. 그 와중에 실내를 휘몰아치던 한기가 서서히 가라앉았다.
잠시 후 곡주가 입을 열었다.
“오늘 밤은 내가 직접 나설 것이다. 준비하라.”
“존명!”
모두가 밖으로 나가자, 곡주는 뭔지 모를 핏빛 액체가 담긴 잔을 입으로 가져갔다.

탁!

"남궁장천이라는 애송이를 통해 너와 내가 차원이 다른 존재임을 확실히 깨닫게 해 주마, 황보태진."

이환 일행은 호수에서 제법 가까운 동굴을 거처로 삼았다. 동굴 주변이 우거진 숲으로 가려져 있어서 일부러 들어와서 살펴보지 않으면 절대 발견할 수 없는 은밀한 위치였다.

또한 지대가 높아서 밖으로 조금만 나가도 호수 주변을 한눈에 살펴볼 수 있는 이점도 있었다.

모두는 각자 누울 자리를 정리했다.

누울 자리라고 해 봤자 마른 가지를 깔고 그 위에 모포를 올리는 게 전부였다.

고미는 이환 등과 조금 떨어진 안쪽에 자리를 잡았다. 공력이 가장 떨어지니 혹시 모를 사태에 대비하기 위한 어쩔 수 없는 선택이었다.

모두는 휴식에 들어갔다.

철무옥이 이환을 돌아보며 물었다.

"뭔가를 알아내려면 한 놈을 사로잡아서 족치는 거 말고는 방법이 없을 것 같습니다만."

"생각 중이다."

고미가 물었다.
“그들로부터 확인해야 할 게 무엇입니까?”
“나중에 말해 주마.”
‘또, 또 저러신다.’
고미는 더 묻지 않고 홱 고개를 돌렸다. 철무옥과 주태가 그런 그녀를 보며 쓴웃음을 지었다.
[그냥 다 말해 버리면 어떨까?]
[주군께서 알아서 하시겠지.]
주태가 이내 미간을 찡그리며 중얼거렸다.
“습기가 어마어마해서 불을 피워야겠는데…….”
“연기 때문에 안 돼.”
“그렇겠지?”
말처럼 동굴 안은 바깥보다 훨씬 서늘했지만 호수가 가까이 위치한 까닭에 습도가 매우 높았다. 따라서 모닥불을 피우면 해결되겠지만 연기 때문에 그럴 수도 없었다.
주태가 고미를 돌아보며 물었다.
“괜찮겠소?”
“괜찮아요.”
그때 이환이 자리에 드러누웠다.
“잠 좀 잘 테니 어두워지면 깨워라.”
“경계는 우리가 설 테니 월주도 눈 좀 붙이는 게 좋겠소. 오면서 제대로 쉬지도 못했는데.”

"제가 알아서 할게요."

고미는 동굴의 벽에 비스듬히 기대며 이환을 응시했다. 보고 있으니 한 번 치민 짜증이 좀처럼 가시지 않았다.

**아우를 네 주군이라 여기고…….**

머릿속에서 이소의 말이 떠올랐다.

'전하만 아니었으면 황궁에 남았을 텐데.'

고미는 나지막이 한숨을 내쉬며 두 눈을 감았다.

그때였다.

입구에 앉아 있던 주태가 슬며시 일어섰다. 고미는 감았던 눈을 뜨며 철무옥을 응시했다.

[무슨 일이죠?]

[누가 다가오고 있소.]

고미는 감각을 최고조로 끌어올렸다. 하지만 감지되는 것이라고는 바람 소리뿐이었다.

'한 번도 약하다는 생각을 해 본 적이 없는데, 저 사람들과는 차이가 나도 너무 나는구나.'

고미는 다시 이환을 응시했다.

잠이 든 것일까?

그는 여전히 눈을 감은 채 미동조차 하지 않고 있었다.

'천하태평이셔.'

주태가 밖으로 나갔다.

고미는 입구로 자리를 옮겨 밖을 살폈다. 하지만 우거진 숲 때문에 아무것도 보이지 않았다.

그때 그녀의 감각에 기척이 흐릿하게 감지되었다.

수풀이 흔들리는 소리에 희미한 발걸음이 섞여 있었다.

'보폭이 일정하지 않고 호흡도 거칠어.'

고미는 이환을 돌아보며 전음을 날렸다.

[무공을 모르는 사람인 것 같습니다.]

이환이 눈을 감은 채로 고개를 저었다.

[무림인이 다쳤다는 생각은 안 해 보나?]

"……!"

[이런 상황에서 가장 위험한 건 바로 지금의 너처럼 속단하는 거다. 조금 더 기다려 봐.]

'왜 그 생각을 하지 못했지?'

고미는 머리를 한 대 얻어맞은 기분이었다. 이건 무공의 수준을 떠나 경험과 집중력, 발상의 문제였다.

그때였다.

스슥!

기척에 이어 주태가 돌아왔다. 고미는 그의 검부터 살폈다. 하지만 검은 검집에 들어 있어서 확인할 수가 없었다.

"조나라의 다친 무사였습니다. 놈을 통해 알아봤는데, 조나라 군영에 황보세가와 유령곡의 마인들이 합류한 것은 사실이었습니다."

이 부분은 이미 고미를 통해 보고받은 적이 있었다.

"전황은?"

"적수를 두고 대치 중이라고 합니다. 일진일퇴를 이어가는 모양인데, 더 이상의 정보는 죽어 버리는 바람에 알아내지 못했습니다."

"시신은 잘 치웠겠지?"

"예. 찾을 수 없는 곳에 옮겨 놓았습니다."

이환은 다시 동굴의 벽에 몸을 기대며 눈을 감았다.

"앞으로 할 일이 많아질 테니 푹 쉬어 둬."

"예."

고미도 눈을 감았다. 잠이라도 청하고 싶었지만 이환 때문에 치민 짜증이 가시지 않아 잠이 올 리가 없었다.

그녀는 맞은편에 앉아 있는 철무옥을 빤히 쳐다보며 물었다.

[혹시 세 분 사이에 제가 모르는 게 있나요? 아니, 제게 감추는 것이 있나요?]

[왜 그런 생각을 하셨소?]

[항상 답을 회피하시잖아요. 그런데 두 분은 뭔가 알고 있는 것 같고. 하니 사실대로 말씀해 주시죠?]

[없소, 그런 거.]

"……!"

고미의 눈썹이 올라가는 것을 보며 철무옥이 흐릿하게 웃었다.

[정말이오. 그리고 답을 회피하시는 건 우리한테도 마찬가지이니 너무 마음에 담아 두지 말고 그러려니 하시오.]

'더 말해 뭐해.'

고미는 이내 돌아앉았다.

철무옥과 주태가 서로를 쳐다보며 쓴웃음을 지었다.

휘이잉!

바람이 간혹 동굴 안까지 들이쳤다. 습기를 잔뜩 머금은 바람은 고미의 짜증을 부추겼다.

고미는 크게 숨을 들이켜 속을 가라앉혔다.

그때였다. 이환이 감았던 눈을 뜨며 중얼거렸다.

"전투가 시작된 모양이군. 다들 일어나라."

"예."

고미는 눈을 살짝 치떴다.

'전투가 시작되었다고?'

그녀의 귀에는 아무 소리도 들리지 않았다.

적수는 항상 짙은 안개에 휩싸여 있어서 유령호(幽靈湖) 혹은 용담(龍潭)이라고 불렸다. 조나라와 진나라가 평상시 이곳에 병력을 배치해 두지 않은 것도 다 안개 때문이었다.

안개가 짙으면 습도가 높은 법. 따라서 여름이면 온갖 질병이 창궐하는 자연의 섭리를 두려워한 것이다. 하지만 정작 전쟁이 벌어지면 적수는 두 나라에 있어서 가장 중요한 방어선 역할을 해 주었다.

서로가 쉽사리 공격에 나서지 못하는 지리적인 환경 때문인데, 최근 들어 확연하게 상승세를 탄 진나라가 더 이상 북쪽으로 올라가지 못하는 것도 그런 이유 때문이었다.

까가강!

번쩍!

"크악!"

"으아악!"

안개 속에서 처절한 단말마가 끊임없이 터졌다. 간혹 번뜩이는 섬광은 상당한 수준에 오른 고수들이 치열하게 전투를 벌이고 있음을 말하고 있었다.

그곳에 남궁장천이 있었다.

번쩍!

한 줄기 혈광이 남궁장천을 노리고 날아들었다. 하지만 남궁세가의 중진이 혈광을 쳐 내고 안개 속으로 뛰어들었다.

까강!

콰직!

"컥!"

외마디 신음과 함께 안개가 출렁거리며 누군가가 맥없이 쓰러졌다.

남궁장천은 안개 너머를 직시했다.

그때 남궁세가의 중진이 안개를 헤치며 모습을 드러내었다. 안도하던 남궁장천의 두 눈이 일그러진 것은 멀쩡히 붙어 있던 중진의 머리가 갑자기 뚝 떨어졌을 때였다.

"……!"

번쩍!

또다시 일어난 두 줄기 혈광.

남궁장천은 몸을 회전하며 검막을 일으켰다. 혈광은 그의 검막을 뚫지 못하고 튕겨 날아갔다.

꽈광!

살짝 흔들렸던 남궁장천이 머리 위로 치켜들었던 검으로 일도양단(一刀兩斷)의 수법을 펼쳤다.

번쩍!

한 줄기 강력한 검강이 안개를 뚫고 들어갔다. 그러자 안개 너머에서 불꽃이 일었다.

꽈앙!

찌이잉.

남궁장천은 손목을 타고 올라오는 강력한 충격에 지그시 입술을 깨물며 뒤로 두 걸음 물러섰다.

'도대체 누가…….'

안개 속에서 절대 모습을 드러내지 않는 자. 남궁장천은 마치 유령하고 싸우는 기분이었다.

그때였다.

사아아…….

바람 한 점 없음에도 안개가 좌우로 밀리더니 그 너머에서 모습을 드러내는 회포인이 있었다.

유령곡의 곡주였다.

안개에 휩싸인 채 혈광을 번뜩이는 두 눈이 마치 귀신불처럼 섬뜩했다. 하지만 남궁장천이 주시하는 건 그의 눈이 아니라 검이었다.

핏빛을 머금은 검에서 핏빛 안개가 스멀스멀 피어오르고 있었다. 그것은 검강이나 검기와는 확연히 다른 기운이었다.

'이 정도로 강력한 마기라니.'

이 세상의 누가 와도 긴장하지 않을 것처럼 보였던 남궁장천의 두 눈이 무겁게 가라앉았다.

"놀랍구나. 그 나이에 이 정도 수준이라니."

"칭찬이라면 고맙게 받아들이죠."

눈빛은 가라앉았지만, 특유의 어조는 평소와 다를 바 없는 남궁장천이었다.

그는 이미 짐작하고 있었다.

눈앞의 인물이 유령곡의 곡주라는 걸.

철저히 신비에 가려진 자. 하지만 모든 무인이 두려워하는 자가 바로 눈앞의 유령곡주였다.

"네놈의 아비가 왔어야 했거늘."

"그럴 필요가 있었을까요?"

"너로 충분하다?"

"물론입니다."

팟!

곡주의 두 눈에서 혈광이 튀었다. 뒤이어 치아를 드러내며 사악하게 웃었다.

"네놈의 그 당돌함이 바로 실력이 따르지 못하는 허세임을 깨닫게 해 주마. 물론 그 끝은 죽음이 될 것이다, 애송이."

"얼마든지."

치르륵.

남궁장천의 검신이 광채를 일으켰다. 혈광만큼이나 눈을 현혹하는 청광이었다.

'저놈이 남궁장천이라는 애송이인 모양이군.'

이환은 안개 속에서 서로를 향해 공방을 펼치는 두 사람을 발견하고는 흥미가 동했다.

주변의 다른 자들과는 차원이 다른 실력자들이었다.

꽈광!

파스스…….

강력한 힘이 충돌하면서 안개를 밀어낸 덕분에 이환은 둘의 얼굴을 똑똑히 볼 수 있었다.

단연코 먼저 시선을 잡아끈 건 절륜한 용모의 젊은 청년이었다. 비록 얼굴을 본 적은 없지만 이환은 그가 남궁장천이라 확신했다.

일단 남궁세가의 복장을 하고 있었다. 또한 저 나이에 저 정도 무력은 천고의 귀재라 불리는 남궁장천이 아니면 설명되지 않는 부분이었다.

이환의 두 눈은 이내 남궁장천의 상대를 향했다.

'유령마기.'

청광을 밀어내는 핏빛 혈광.

그 너머에서 최소한의 움직임으로 남궁장천을 몰아치는 회포인의 힘은 절대 잊지 못할 유령마기(幽靈魔氣)였다.

'저 정도면 거의 극성에 이른 유령마기다.'

극성의 유령마기는 절대 쉽지 않은 상대다. 과거 검왕과 도왕도 상당히 애를 먹은 적이 있었다.

이상한 것은 극성에 가까운 유령마기를 가졌음에도 남궁장천을 쉽게 꺾지 못한다는 점이었다.

남궁장천이 그만큼 강하다는 것일까? 아니었다.

'왜 일부러 전력을 다하지 않는 거지?'

이환은 회포인이 최선을 다하지 않고 있음을 대번에 간

파했다. 그래서 더욱 흥미가 커졌다.

"저 움직임을 잘 봐 둬. 한 번은 맞닥뜨리게 될 상대이니까."

"회포인 말입니까?"

"저 늙은이가 어쩌면 유령곡의 곡주일 가능성이 높다."

"그렇다면 저자를 상대하는 저 젊은 친구가 더 놀랍지 않습니까? 유령곡의 수장을 맞아 대등하게 싸울 수 있다니 말입니다."

'이 녀석들, 아직 선조들의 수준에는 한참 미치지 못한다.'

이환은 슬며시 미간을 좁혔다.

검왕이나 도왕이었다면 유령곡주가 최선을 다하지 않음을 한눈에 간파했을 것이다.

그때였다.

"주군, 저기를 좀 보십시오."

철무옥이 전장 우측을 가리켰다.

그곳에 유령곡의 마인으로 추정되는 회포인을 상대로 남궁세가의 무사들이 맹공을 퍼붓고 있었다. 그중의 한 회포인이 파상적인 공세를 감당하지 못하고 전장 외곽까지 밀리고 있었다.

이환이 눈빛을 발했다.

"저놈을 사로잡는다."

"알겠습니다."

이환은 고미를 향해 말을 이었다.

"월주는 여기서 대기한다."

"예."

고미는 순순히 이환의 지시에 따랐다. 자신이 나서 봤자 도움이 되지 못한다는 걸 인정한 것이다.

자신의 실력을 인정한다는 것. 그것은 무한한 발전 가능성을 의미한다. 그런 면에서 이환은 고미가 아주 마음에 들었다.

'이 세상에는 얼마나 많은 고수들이 존재할까?'

고미는 전장으로 이동하는 이환 등의 뒷모습을 응시하며 지그시 입술을 깨물었다.

얼굴이 살짝 붉어지더니 목덜미까지 내려갔다. 자존심이 상해서는 아니었다. 지금껏 자신의 역할에 가장 우선인 건 정보력이라 믿었고, 오직 그것에 집중한 결과, 무공 수련을 게을리했다.

그것에 대한 후회였다.

'더 강해지고 말 거야, 더.'

가까이 접근하니 전투는 위에서 보는 것보다 훨씬 치열했다. 안개가 자욱한 곳곳에서 처절한 단말마가 끊이지 않았다.

이환은 당초 목표로 삼았던 유령곡의 마인이 있는 곳으로 은밀하게 접근했다.

쐐액!

섬뜩한 기운이 날아들었다.

이환은 가볍게 옆으로 물러섰고, 대신 철무옥이 달려든 상대의 목을 쳐 냈다.

퍽!

"크악!"

뒤이어 희한한 광경이 펼쳐졌다.

복장이 확연히 달랐던 까닭에 조나라와 진나라 무사들이 동시에 달려들었다.

[가리고 말고 할 거 없이 닥치는 대로 죽인다.]

[예!]

철무옥의 대도가, 주태의 장검이 검기를 뿌리며 허공을 갈랐다.

퍼퍼퍽!

"크아악!"

"으아악!"

이환은 마인을 향해 움직였다.

마인 주변은 진나라 무사들의 시신이 핏속에 나뒹굴고 있었다. 하지만 여전히 다수의 무사는 마인을 향해 맹공을 퍼붓고 있었다.

마인도 인간이었을까?

"크악!"

한 마인이 피를 뿌리며 꼬꾸라졌다.

그 와중에 이환은 목표했던 마인의 뒤로 돌아갔다.

이환의 우수가 파랗게 변했다. 그의 독문무공 중 하나인 청강수(靑鋼手)로, 세상에 부수지 못하는 것이 없다는 소수마공에 필적하는 강력한 수공(手功)이었다.

"……!"

마인이 뒤늦게 이환을 발견하고 흠칫했다. 하지만 마인의 반응보다 이환의 청강수가 더 빨랐다. 이환의 청강수는 정확하게 마인의 복부를 강타했다. 그런데?

쿵!

"……!"

이환은 손을 밀어내는 기괴한 충격에 한순간 흠칫했다. 하지만 곧 차갑게 웃었다.

"그걸 깜박했군. 유령강이 너희 육신을 보호하고 있다는 걸 말이야."

"……!"

마인이 두 눈을 부릅떴다.

마치 그걸 어떻게 알고 있냐는 듯.

팟!

마인이 이환을 피해 좌측으로 몸을 날렸다.

이환은 뒤를 쫓으며 다시 우수를 날렸다.

퍽!

"컥!"

외마디 신음과 함께 쓰러지는 마인.

이환은 재빨리 마인의 허리를 낚아채고는 땅을 박차며 뛰어올랐다.

"물러간다."

번쩍!

콰지직!

"크아악!"

"끄악!"

마지막 공격을 가장 강력한 초식으로 장식한 철무옥과 주태가 이환을 쫓아 전장을 빠져나갔다.

휘리릭!

"너무 쉽게 성공하신 거 아닙니까?!"

"어렵게 잡아야 하나?"

"……아닙니다."

이환은 동굴로 향하지 않고 우거진 숲으로 들어갔다. 철무옥과 주태는 만약의 경우를 대비하여 경계를 섰다. 혈도를 제압당한 마인은 불신에 찬 눈으로 이환을 올려다봤다.

"누, 누구냐!"

"지금 그게 중요한 게 아니잖아?"

"……!"

"지금부터 뭘 좀 물을 텐데, 그 전에 순순히 대답하지 않으면 어떻게 되는지 그것부터 알려 주고 시작하마."

이환의 손가락 끝에 혈광이 맺혔다. 혈광은 항상 그러했듯, 청광에서 혈광으로 변하기를 반복하며 반딧불이처럼 허공으로 떠올랐다.

"이게 너희 선조를 참 많이 죽였지. 그런데 이게 꼭 사람을 죽일 때만 쓰는 게 아니거든."

다섯 개의 혈광이 마인의 몸을 파고들었다. 아무런 느낌조차 없었는지 마인이 이를 드러내며 사악하게 웃었다.

"무슨 짓을 해도 내 입은 열리지 않는다. 하니 괜히 헛수고 말고 어서 죽여라!"

"과연 그럴까?"

"……!"

마인이 돌연 두 눈을 부릅떴다. 몸에 달라붙었던 혈광이 몸속을 파고들기 시작하면서 연기가 모락모락 피어올랐다.

"끄으으……."

치이익!

살이 타들어 가는 냄새와 함께 마인의 얼굴이 붉게 변하며 힘줄이 나무뿌리처럼 솟구쳐 올랐다.

"끄아아아!"

"조금만 버텨 봐. 그럼 인정하고 고통 없이 죽여 주지."

이환은 팔짱을 끼고 나무에 몸을 기댔다.

철무옥과 주태가 서로를 쳐다보며 놀란 표정을 지었다.

이런 종류의 고문술은 상상조차 하지 못한 것이었다.

"끄으으……."

마인이 버텼다.

"제법이군. 그럼 조금 더 강도를 높여 볼까?"

치이익!

"크아아!"

마인이 거품을 물기 시작했다. 그렇게 눈 몇 번 깜박일 시간이 흘렀을까?

"마, 말하겠소!"

"조금 더 버텨 봐."

"끄아아아!"

이환은 바로 고문을 거두지 않고 마인의 의식이 끊어지기 직전에 비로소 멈췄다.

"헉헉헉!"

그 짧은 시간에 식은땀으로 범벅이 되어 버린 마인이 거친 숨을 헐떡였다. 고통을 참으나 악문 어금니가 깨졌는지 입술을 타고 피가 흘러내렸다.

"무림의 역사부터 시작하지."

이환은 바로 질문을 던졌다.

"대야성을 아나?"

"아, 알고 있소."

"그들이 왜 멸망했는지 알고 있나?"

"그, 그건 모르오!"

"그럼 아는 대로 말해 봐."

"드, 들은 적이 없소! 정말이오!"

첫 질문의 결과는 실망스러웠다.

"유령곡은 과거에도 삼국 중 어느 곳과도 손을 잡지 않았다. 한데 어쩌다가 조나라에 붙은 거지?"

"그, 그건……."

"이런."

다시 다섯 개의 혈광이 마인의 몸으로 파고들었다.

"끄아아!"

"이런, 대답이 늦어도 안 된다는 걸 깜박했군."

"조, 조나라의 정보력을 이용하기 위함이었소! 크아아아!"

뚝!

"헉헉헉!"

통증이 사라지자 마인은 다시 숨을 헐떡였다. 이환은 다시 팔짱을 끼고 나무에 기댔다.

"계속해 봐."

"우, 우리가 찾는 자들이 있소. 그들을 찾기 위해서는 조나라의 정보력이 필요했소."

"그들이 누구지?"

"사, 삼왕의 후예들이오."

"뭐?"

이환의 눈빛이 대번에 달라졌다.

철무옥과 주태도 마찬가지였다.

"사, 삼왕의 후예를 찾아 완전하게 맥을 끊어 버리는 것이 이백 년 동안 이어진 우리의 사명이었소."

"뭐라는 거야, 저 개새끼가."

주태의 두 눈에 살광이 맺혔다.

이환이 손을 들어 주태를 진정시키고는 다시 물었다.

"그래서 찾았나?"

"최근에 사천성 근처에서 탈혼기를 쓰는 자를 사로잡았소. 그가 말하기를 자신에게 탈혼기를 전수해 준 낭인이 있는데, 그가 연나라로 간 것 같다고 했소. 해서 곡주와 우리가 직접 연나라로 가려고 했는데, 갑자기 진나라와 충돌하는 바람에 총사의 명령으로 이곳으로 오게 되었소."

'이놈들도 그걸 알고 있었다니.'

철무옥이 주태를 향해 인상을 찡그렸다.

"도대체 몇 명에게 전수한 거냐?"

"어쩔 수 없었다. 내겐 그 방법밖에 없었으니까. 어쨌든 그 방법으로 너도 만나고 주군도 만났으니 성공했잖아."

주태의 말에 마인이 흠칫했다.

주태가 히죽 웃으며 말했다.

"그 낭인이 나다, 새끼야."

"그럼, 당신들이……."

"어이, 질문에 대답이나 해."

마인은 황급히 이환에게로 시선을 돌렸다.

"너희 말고 삼왕의 후예를 찾는 자들이 또 있나? 가령 광마나 혈마의 후예들 말이야."

"그들과는 만난 적조차 없소. 이 시대에 있는지조차 모르는 자들이오."

체념을 한 것일까?

마인의 어조가 한결 차분해졌다.

이환은 이후에도 많은 걸 물었고, 마인은 순순히 대답했다.

이환은 마지막 질문을 던졌다.

"네 위치는?"

"하급이오."

이환은 내심 놀랐다.

'하급이 이 정도라면 그때보다 더 강해졌다는 건데.'

주르륵.

돌연 마인의 뺨을 타고 눈물이 흘렀다. 이제 죽을 시간이 되었음을 직감한 것이다.

"제가 마무리하겠습니다."

주태가 나섰다.

"깔끔하게 보내 줘."

"예."

주태가 마인의 곁으로 다가섰다. 그러고는 가차 없이 마인의 목을 베었다.

서걱!

잘린 머리는 눈조차 감지 못한 채로 바닥으로 떨어졌다. 주태가 죽은 자를 내려다보며 이죽였다.

"뭣도 아닌 새끼들이 감히."

철무옥이 이환을 향해 말했다.

"전쟁이 끝나면 곧장 우리를 찾아 연나라로 넘어온다고 봐야겠군요."

"그렇다고 봐야겠지."

이환은 미간을 좁혔다. 이러면 계획을 바꿀 수밖에 없었다.

'유령곡은 결코 무시할 수 없는 상대다. 그렇다면…….'

이환은 주태를 향해 말했다.

"아무래도 너희 일족도 남부군단이 아니라 누이가 사는 도시에 터전을 잡는 게 좋겠다. 함께 있으면 그만큼 안전하겠지."

"알겠습니다."

철무옥이 말을 이었다.

"광마나 혈마의 후예가 있다고 가정하면 우리도 세력을 더 키워야지 않겠습니까?"

"그래야겠지."

철무옥은 더 묻지 않았다. 이환의 심기가 불편함을 뒤늦게 알아차린 것이다.

"술 좀 있나?"

"동굴에 있습니다."

"동굴로 돌아간다. 너는 월주를 데려오도록."

"알겠습니다."

늦은 밤.

이환은 동굴을 나와 거목 위로 올라갔다. 그곳에서 달빛을 받으며 상념에 잠겼다.

마인을 통해 알아낸 사실이 조금은 충격적이었다.

'과거의 적이 생각보다 가까이 다가와 있다.'

과거의 적들도 틀림없이 후예를 두었을 테니 언젠가는 만나게 될 것이라 여겼다. 하지만 정작 적이 자신들의 흔적을 발견하고 쫓고 있었다는 말을 들으니, 마음이 편치 못했다.

만약 이곳으로 오지 않았더라면 적이 들이칠 때까지 까

맣게 모르고 있다가 당했을 것이다.

더 심각한 건 자신들을 찾고 있을 적의 전력이 어느 정도이며, 또 누가 더 있을지 가늠조차 할 수 없다는 점이었다.

'내가 너무 안일했군.'

자신의 안일함 때문에, 하마터면 어렵게 만난 두 일맥이 큰 화를 입는 상황으로 이어질 수도 있었다. 이환의 마음을 무겁게 만든 것은 바로 그 부분이었다.

'어쩌면 대야성도 이런 안일함 때문에 멸망하지 않았을까? 감히 누구도 자신들의 적수가 되지 못할 거라는 자신감에 차 있었을 테니까. 삼왕, 그 녀석들부터.'

휘이잉!

싸아아!

바람에 흔들린 나뭇가지가 이환의 얼굴을 쓸고 지나갔다.

이환은 적수를 내려다봤다.

어둠에 잠긴 적수는 만월을 품고 있었다. 이환의 동공에도 만월이 내려앉았다.

만월이 뜨면 안개가 사라진다.

안개가 사라지면 적수는 달과 별을 품는다.

남궁장천은 한 폭의 그림처럼 아름답게 변해 버린 적수

를 응시하며 눈빛을 가라앉혔다. 무겁게 가라앉는 두 눈에는 당혹감과 더불어 불신의 빛이 섞여 있었다.

'그자는 최선을 다하지 않고 일부러 시간을 끌었다. 마치 내가 가진 모든 초식을 펼쳐 보라는 듯이.'

유령곡주와의 격돌.

결과는 무승부였지만 남궁장천은 자신이 패했음을 인정하고 있었다. 더 치욕적인 건 상대는 최선을 다하지 않았고, 치명적인 살초를 쓰지도 않았다는 점이다.

'분명 처음에는 살기를 품었다. 그런데 왜 나를 죽이려 하지 않았을까?'

치욕과 분노의 이면에는 진한 의문이 존재했다. 하지만 이내 참을 수 없는 분노에 남궁장천은 눈빛을 떨었다.

지금껏 거칠 것 없이 살아온 그에게 오늘은 영원히 씻지 못할 치욕스러운 기억과 시간으로 남게 될 터였다. 상대가 아무리 유령곡주라도 전혀 위안거리는 될 수 없었다.

"하!"

웃음도 탄식도 아닌 묘한 소리가 남궁장천의 입술을 뚫고 흘러나왔다.

뒤이어 그는 밤하늘을 올려다보며 뒤로 몸을 눕혔다.

"그것을 펼쳤더라면 동귀어진은 가능했을까?"

알 수 없는 말을 중얼거리는 남궁장천.

그런 그의 얼굴 위로 그림자가 길게 드리웠지만 남궁장

천은 미동조차 하지 않았다.

"왜 밖에 나와 계십니까?"

"화가 가라앉지 않네요."

"잊으십시오. 누구나 한 번의 실수쯤은 하고 삽니다, 대공자."

"실수가 아닙니다. 실력으로 밀렸어요. 그것도 최선을 다하지 않은 상대에게."

"세가의 비전을 펼치셨다면 결과는 달라졌을 것입니다. 하니 결코 패하신 것이 아닙니다."

"전혀 위로가 되지 않으니 그만하시죠. 저는 조금 더 누웠다가 들어갈게요."

"……."

인물은 말없이 남궁장천을 내려다봤다. 그러고는 이내 사라졌다. 남궁장천은 밤하늘을 향해 말하듯 중얼거렸다.

"그것을 펼치는 게 두려웠습니다. 혹시라도 내가 폭주할까 싶은 두려움 때문에 말이죠. 완벽한 수준이라는 확신이 없다는 것, 그 자체로 저는 패한 겁니다. 그것도 실력이니까요."

휘이잉!

같은 시간 유령곡주도 밤하늘 아래에서 적수를 바라보며 술잔을 기울였다.

뒤에 서 있던 자가 물었다.

"왜 살려 주셨습니까?"

"놈에게 분명 비장의 한 수가 남아 있었다. 한데 놈이 망설이는 것 같았다. 하여 그걸 펼칠 때까지 기다렸는데 그만 적들이 밀려오는 바람에 일을 망쳤다."

"우리가 찾던 무공일 수도 있다고 생각하셨습니까?"

"그게 아니면 살려 둘 이유가 없지 않겠느냐."

"놈은 강적입니다. 설사 확인하지 못하더라도 죽였어야 했습니다."

"살려 둔 것을 탓하는 것이냐?"

"제가 어찌 감히. 다만 매우 아쉬울 따름입니다."

"어차피 이 전쟁이 끝나기 전에는 이곳을 떠나지 못한다. 하면 그나마 싸울 만한 상대를 남겨 두는 것도 나쁘지 않겠지. 적어도 심심하지는 않을 테니까."

"……."

쪼르륵.

서늘한 밤공기를 타고 주향이 퍼져 나갔다. 유령곡주는 술잔을 비우고 일어섰다.

"주무시겠습니까?"
"잠시 산책을 하고 들어갈 것이다. 기다리지 말거라."
"제가 모시겠습니다."
"되었다."
유령곡주는 홀로 호숫가를 걸었다.
백사장을 타고 길게 늘어선 막사 곳곳에서 시끌벅적한 소리가 흘러나왔다.
유령곡주가 걸음을 멈춘 곳은 유난히 큰 막사의 앞, 바로 황보세가주 황보태진의 거처였다.
피식.
"살려 준 것이 아니라 죽이지 못한 것이라 우겨 대겠군."
황보태진은 그러고도 남을 자였다.
유령곡주는 다시 걷기 시작했다.
그리고 새벽녘이 되어서야 막사로 돌아갔다. 그는 유령곡의 모두가 인정하는 산책광이었다.

다음 날 아침.
여명이 밝아 오는 시간에 이환은 기상했다. 다른 사람들은 이미 일어나 있었다.
철무옥이 물었다.

"이제 돌아갑니까?"
"그 전에 해야 할 일이 있다."
"명을 내려 주시지요."
"다 함께해야 할 일이다."
"드십시오."
이환은 고미가 건넨 냉수를 마시고 말을 이었다.
"우리가 확실한 전력을 갖출 때까지 유령곡이 우리를 찾아 올라오지 못하게 만들 생각이다. 그러자면 탈혼기를 이용해 놈들의 시선을 엉뚱한 곳으로 돌려놓을 필요가 있다."
"일부러 흔적을 남기자는 말씀입니까?"
이환은 묵묵히 고개를 끄덕이고는 일어섰다.
"조나라 군영으로 내려간다."
고미가 물었다."
"저는 여기서 대기합니까?"
"같이 간다."
"알겠습니다."
모두는 동굴을 떠나 조나라 군영이 있는 적수 북쪽으로 향했다.
'예상보다 빨리 돌아가게 생겼군.'
유령곡의 의도를 알아냈으니 더 머무를 이유가 없었다. 다만 귀환길에 진나라를 관통하면서 주요 시설에 대한 정보는 제대로 수집할 생각이었다. 물론 지도 작성도 필수였다.

그러자고 고미를 데려온 것이니까.

한편, 고미는 이환의 뒷모습을 빤히 응시했다. 어제 이후로 이환의 분위기가 살짝 바뀐 것 같았다. 뭐랄까? 이전의 유들유들함이 아닌, 다소 무거운 분위기라고나 할까?

'유령곡과 뭔가 있는 게 틀림없어. 거기 말고는 아예 관심조차 보이지 않으셨잖아. 그리고 유령곡이 찾아오지 못하게 만든다고? 그럼 확실히 유령곡과 뭔가가 있다는 건데.'

이전이었다면 당장 물었을 것이다. 하지만 이환 앞에서 한 번 짜증을 낸 적이 있었기 때문에 고미는 궁금해도 참았다.

잠시 후 일행은 조나라 군영의 외곽에 이르렀다. 일부러 탈혼기의 흔적을 남기는 건 어렵지 않은 일이었다. 희생양은 유령곡의 마인이 아닌 황보세가의 무사들이었다.

황보세가주 황보태진은 싸늘히 식어 버린 시신을 내려다보며 눈빛을 떨었다.

시신은 황보세가의 무사들이었다. 그들만이 아니었다. 다쳐서 피를 흘리는 무사들도 여럿 있었다.

한 장한이 굳은 표정으로 보고했다.

"적 두 명이 갑자기 나타나더니 마구잡이로 공격을 퍼붓고는 그냥 사라졌습니다. 뒤를 쫓으려 했지만, 워낙에 경공술이 대단해서 금방 놓치고 말았습니다. 죄송합니다."

"진나라 놈들이 이젠 별짓을 다 하는구나."

"받은 만큼 돌려줘야 하지 않겠습니까?"

"허락하시면 오늘 밤, 저희가 배로 되갚아 주고 오겠습니다!"

동료들의 무참한 죽음에 황보세가의 무사들이 분노를 주체하지 못했다.

그때였다.

휘리릭!

한 줄기 바람에 이어 유령곡주가 황보태진의 앞으로 떨어져 내렸다. 그는 황보태진에게 인사조차 건네지 않고 주변을 향해 물었다.

"적이 공격할 때 삼색 빛이 일어났다고 들었다. 사실인가?"

"그렇습니다."

"틀림없이 삼색 빛이었느냐?"

"제가 두 눈으로 똑똑히 보았습니다."

혈광이 번뜩이는 유령곡주의 두 눈이었다. 황보태진이 눈살을 찌푸리며 물었다.

"아는 놈들이오?"

"탈혼기를 아시오?"

"그건 과거 삼왕의 무공이지 않소?"

무심결에 대답하던 황보태진의 낯빛이 한순간에 싹 변했다.

"하면 진나라에 삼왕의 후예가 있다는 말이오?"

"가주의 수하가 잘못 보지 않았다면 탈혼기가 틀림없소. 하지만 그렇다고 삼왕의 후예일 거라는 확신은 금물이오."

"그게 무슨 말이오? 삼왕의 무공을 사용했다면 그들의 후예가 틀림없는 거 아니오?"

유령곡주가 고개를 저었다.

"어떤 이유인지는 모르나 탈혼기는 외부인에게 유출되었소. 다만 귀가의 무사들이 입은 피해를 보니 삼왕의 후예일 가능성이 꽤 높은 것 같소."

황보태진의 낯빛이 무겁게 변했다.

유령곡주의 말이 사실이라면 남궁세가 말고도 강력한 적이 이 전장에 있음을 의미하는 것이었다.

'진나라에 삼왕의 후예가 있고, 그들이 이 전장에 합류했단 말인가?'

한편, 유령곡주는 목격자들에게 몇 가지 더 물어본 뒤에 수하들이 있는 곳으로 돌아갔다.

한 수하가 물었다.

"황보세가주에게 탈혼기의 정체를 말씀하신 이유가 따로 있으십니까?"

"미우나 고우나 그는 우리 편이다. 더 많은 아군이 알게 된다면 삼왕의 후예들을 찾기가 조금은 더 수월해지지 않겠느냐."

"미처 그 점까지는 헤아리지 못했습니다."

유령곡주의 두 눈이 다시 혈광을 머금었다.

"목격자들의 말을 들어 보면 우리가 만났던 놈과는 차원이 다른 고수들이었다. 하면 삼왕의 후예들일 가능성이 매우 높다고 봐야겠지."

"그나저나 진나라 군영에 삼왕의 후예가 합류했다면 이 싸움이 더 어려워질 것 같습니다."

유령곡주는 적수 남쪽을 바라보며 안광을 번뜩였다.

"그렇다면 우리도 지금부터 최선을 다할 수밖에. 아이들을 더 불러들여라."

"알겠습니다!"

연나라 황도.

또다시 황족이 살해당하는 사건이 벌어졌다. 이번에는 황제의 먼 인척이었다.

정치적 세력조차 없는 이였지만, 황족이기에 화를 입은 것이다. 이는 황가에 충격을 불러오기에 충분했다.

물론 이 소식은 이영에게도 전해졌다.

사실 요즘의 영은 어느 때보다 바빴다. 흉적들이 날뛰에도 그녀는 도왕 일맥의 능력을 믿었고, 그러한 믿음을 바탕으로 한동안 침체하였던 송씨 가문의 사업 회복에 온 힘을 쏟았다.

당장은 황룡상단으로 인해 거래가 끊겼던 거래처들과의 관계 회복에 주력했고, 그 와중에 목이 좋은 곳에 객잔도 두 곳을 더 사들였다.

이대로면 과거의 영광을 되찾는 것도 시간문제처럼 보였다.

쪼르륵.

찻잔에 물이 채워지며 그윽한 향이 퍼져나갔다.

오늘도 이영은 장부를 보며 뭔가를 계산하느라 여념이 없었고, 송천호가 그 옆에서 차를 준비하고 있었다.

"쉬엄쉬엄하세요. 그러다 몸 상하겠습니다, 부인."

"이것만 마무리할게요."

"객잔이 점점 매출이 늘고 있다고요?"

"예. 한 곳은 지난달과 비교하여 거의 두 배가 늘었고, 다른 한 곳도 사 할 가까이 늘었답니다. 이번에 새로 인수한 객잔도 숙수들 실력이 뛰어나니 잘될 것 같아요."

"내가 걱정하는 것은 오직 부인의 건강입니다."

이영이 장부를 내려놓고 송천호를 그윽한 눈으로 바라봤다.

"알았어요. 건강 잘 챙겨 가면서 할 테니 너무 걱정하지 마세요."

그때였다.

밖에서 굵직한 목소리가 흘러들었다.

"마마, 손님이 오셨습니다."

"누굴까요?"

"내가 나가 보겠소."

송천호가 밖으로 나섰다.

밖에는 관지백이 서 있었다.

"어서 오십시오, 장군."

"기별도 없이 불쑥 찾아와 송구합니다."

"어인 말씀을요. 어서 들어오시지요."

관지백이 안으로 들어서며 이영을 향해 머리를 조아렸다.

"어서 오세요, 장군."

"차를 준비하겠습니다."

송천호가 곧장 밖으로 나갔다. 이영과 관지백은 탁자를 두고 마주 앉았다.

"전하께서 마마의 저택 주변에 초소를 두고자 하십니다. 빠르면 보름 안에 경계병이 상주하게 될 것 같습니다."

"전하께서요?"

"예. 최근 들어 벌어진 흉흉한 사건 때문에 마마를 많이 걱정하고 계십니다."

이영은 감격했다. 이소가 이렇게까지 걱정할 줄은 몰랐다.

"직접 뵙고 감사함을 전해야 할 텐데……."

"아닙니다. 마마께서 바쁘시다는 건 전하께서도 잘 알고 계십니다. 그나저나 너무 무리하진 마십시오. 언제 어디서 흉수들이 나타날지 모르니 상황이 안정될 때까지는 가급적 외출을 자제하시는 게 좋을 듯합니다."

"걱정하지 마세요. 오라버니 덕분에 훌륭한 호위무사들이 항상 저를 지켜 주신답니다."

"소장도 보았습니다. 분위기부터가 비범한 친구들이더군요. 해서 마음이 놓입니다만, 그래도 매사에 조심하셔야 합니다, 마마."

"예, 그럴게요."

송천호가 차를 갖고 들어왔다.

셋은 이런저런 대화를 나누었다. 그러다가 관지백이 놀라운 말을 꺼냈다.

"전하께서 대군께 중책을 맡기실 것 같습니다."

"……!"

"아직 정확한 말씀은 없으셨지만, 소장의 생각으로는 황도의 치안을 맡기실 것 같습니다."

"황도의 치안이면…… 금군의 수장이요?"

이영이 두 눈을 송아지처럼 크게 치떴다. 송천호도 매우 놀란 표정을 지었다.

금군(金軍)은 원래 황제의 친위대로 출발한 조직이었다. 하지만 작금에 이르러 황궁은 물론이고, 황도와 인근의 모든 도시까지 아우르는 거대 조직으로 발전했다.

그리고 무엇보다 오직 황제의 직속이기에 승상부조차 함부로 대할 수 없는 막강한 권력을 지니고 있었다.

이영이 물었다.

"폐하께서 윤허하셨나요?"

"금군 수장의 임명권은 전하께 있습니다. 몇 해 전에 폐하께서 일부 임명권을 전하께 양도하셨는데, 그중에 하나라고 보시면 될 것입니다. 사실 황후마마와 이황자에 맞설 가장 강력한 무기가 바로 전하의 임명권입니다."

이영은 눈시울을 붉혔다.

이환이 완전히 다른 사람처럼 변한 것을 보며 그에 대한 걱정을 덜었는데, 이제는 요직 중의 요직이랄 수 있는 금군이 수장이 될 수도 있다니 가슴이 벅차올랐다. 송천호가 걱정스러운 투로 말했다.

"저희야 대군께서 금군의 수장에 오르시면 경사이지만, 과연 황후마마와 이황자 쪽에서 가만히 두고 보겠습니까?"

"전하의 직권을 행사하는 것입니다. 아무리 황후마마라도 이견은 불가합니다. 다만……."

관지백이 말끝을 흐렸다.

그는 차를 한 모금 마시고 말을 이었다.

"금군이 과연 대군을 인정할지 그것이 걱정입니다. 그들의 충성심이 없이는 아무리 수장이라도 제 역할을 해내지 못할 테니까요."

"전하께서는 그것까지 염두에 두시고 대군을 임명하려 하시는 겁니까?"

관지백이 빙그레 웃었다.

"그렇습니다. 전하께서는 대군을 절대적으로 신뢰하고 계십니다. 물론 소장도 그렇습니다."

이영이 결국 눈물을 흘렸다.

그녀의 어깨를 다독이는 송천호의 눈가도 불그스름하게 변해 있었다.

관지백이 웃으며 말했다.

"가장 중요한 건, 대군의 뜻이 아니겠습니까? 대군께서 거부하시면 오늘 소장은 쓸데없이 헛말을 하게 되는 셈입니다."

# 4장
# 이태지의 명령

문치용이 이태지의 거처로 들어섰다.

"저하, 심각한 문제가 일어날 수도 있을 것 같습니다."

"심각한 문제라니?"

"조금 전에 우연히 지인을 만나서 들었는데, 태자궁에서 사황자를 금군의 수장으로 임명할 거라는 말을 들었다고 합니다."

"뭐?"

잠깐 놀란 표정을 지었던 이태지가 이내 실소를 머금었다.

"무슨 말 같지도 않은 소리를. 그 멍청한 놈이 어떻게 금군을 이끈단 말이냐? 걱정할 거 없다. 설사 태자궁에서 임명한다고 해도 금군이 놈을 거부할 것이다. 자존심 하나로 먹고사는 금군의 장수들이 그런 얼치기를 인정할 리가 없다."

탁!

이태자가 탁자를 내리치며 코웃음을 쳤다.

"흥! 하다 하다 안 되니 이제는 임명권을 무기로 삼겠다? 가소로운 작자 같으니."

"그래도 만약의 경우는 대비하심이 좋을 듯합니다. 만에 하나 사황자가 금군의 수장이 된다면 십만 정예가 태자궁의 휘하에 들어가게 됩니다, 저하."

"당연히 그렇게 되도록 놔둘 순 없지."

이태지가 의자에 깊숙이 몸을 묻으며 눈빛을 가라앉혔다. 사실 콧방귀를 꼈지만, 속내는 전혀 그렇지 않았다.

'설마 우리가 금군의 수장 자리를 노린다는 걸 눈치채고 선수를 치려는 걸까?'

사실 금군의 수장은 남부군단만큼이나 황후와 그가 심혈을 기울여 온 곳이었다. 금군만 자신의 휘하로 끌어들인다면 황궁과 황도의 치안을 자신이 아우르게 될 테니 이소와의 경쟁에서 절대적으로 유리한 위치를 차지할 수 있었다.

꿈틀.

돌연 이태지의 두 눈에 짜증이 어렸다.

"빌어먹을 늙은이가 쓸데없이 태자에게 임명권 일부를 양도하지만 않았어도 진즉에 우리 차지가 되었을 것을."

"소인이 감히 한 말씀 올려도 될는지요."

"말해 보거라."

문치용이 나지막이 숨을 고르고는 말을 이었다.

"대군을 제거하는 것이 아무래도 가장 확실한 대책일 듯합니다. 대군이 살아있으면 앞으로 이런 일이 종종 벌어질 수 있으니 아예 화근을 제거하심이 좋지 않겠습니까? 허락하신다면 바로 남부군단에 전서를 보내도록 하겠습니다."

이태지가 말없이 눈빛을 가라앉혔다. 문치용은 그의 대답을 기다렸다.

한참 뭔가를 고심하던 이태지가 불쑥 물었다.

"사황자의 호위들이 고수라고 하지 않았나?"

"예. 대군이 어디서 데려온 놈들인지는 모르나, 보통 놈들이 아니라고 합니다."

"하면 네 직속들 실력으로 과연 뒤탈이 없게끔 처치할 수 있겠느냐?"

"염려 마십시오. 일이 일인 만큼 이번에는 가장 강한 녀석들로 보내겠습니다."

"믿어도 되겠지?"

"맡겨 주시면 저하께서 원하시는 결과를 내어 보이겠습니다."

이태지의 입가에 비정한 미소가 걸렸다.

"졸지에 아우를 죽인 형이 되겠군."

"명군은 사사로움을 따지지 않는 법이라고 하였습니다. 그저 궂은일은 소인에게 맡겨 주시고 저하께서는 큰 것만 보고 나아가십시오."

"좋아. 허락한다."

며칠 후 남부군단.

태자 이소가 보낸 전령이 팽무위를 찾았다. 팽무위는 공손히 그들을 맞았다. 아무리 총사라도 태자의 전령 앞에서는 행동을 조심할 수밖에 없었다.

전령이 말했다.

"대군께서 부재중이라고 들었습니다. 혹시 언제 돌아오시는지 알 수 있겠습니까?"

"그게…… 소장도 알 수가 없습니다. 사적인 볼일이 있으시다면서 군영을 떠나신 지 벌써 보름이 훌쩍 넘었습니다."

"보름씩이나 말입니까? 하면 어디로 가셨습니까?"

"그것도 답을 해 주시지 않아서……."

전령이 난감한 표정을 지었다.

팽무위가 물었다.

"한데 어쩐 일로 대군을 찾으십니까?"

"그건 말씀드릴 수 없습니다."

"아, 예."

"하면 우리는 대군의 막사에서 기다리겠습니다. 그럼 이만."

전령이 밖으로 나가자, 팽무위는 미간을 좁히며 중얼거렸다.

"태자궁에서 무슨 일로 대군을 찾으실까? 이것 참 궁금해서 미치겠네."

그때였다.

"총사, 황궁에서 전서가 도착했습니다."

"황궁에서? 혹시 이황자가 보낸 것이냐?"

"직접 확인해 보시지요."

팽무위는 부장이 건네는 전서를 즉각 펼쳤다. 예상대로 이태지가 보낸 전서였다.

천천히 읽어 가는 팽무위가 한순간 경악하며 두 눈을 부릅떴다.

'이게 뭐냐? 대군과 태자 전하의 전령을 죽이라니!'

그랬다. 전서에는 이환과 함께 태자가 보낸 전령이 도착하면 쥐도 새도 모르게 죽이라는 내용이 적혀 있었다. 팽무위는 순간 숨이 턱 막히는 기분이었다.

"무슨 일인데 그러십니까?"

"크흠! 아무것도 아니니 그만 나가 보거라."

"무슨 내용인데 표정이……."

"썩 나가 보래도!"

"예!"

황급히 밖으로 나가는 부장.

팽무위는 다시 한번 전서를 확인하고는 두 손과 두 눈을 떨었다.

'대군을 죽이라니, 내가 어떻게 대군을 죽인단 말이냐. 어떻게!'

벌컥벌컥!

팽무위는 냉수를 들이켰다. 하지만 속은 조금도 가라앉지 않았고, 오히려 심장은 점점 더 크게 요동쳤다.

그때였다.

덜컹.

문이 열리고 누군가 들어섰다.

"나가 있으라고 하지 않았느냐!"

버럭 성을 내던 팽무위가 두 눈을 치떴다. 부장이 아니라 섬뜩한 분위기를 풍기는 자들이 들어선 것이다.

"감히 여기가 어디라고 함부로 들어오는 것이냐!"

"총사를 도우라는 윗분의 명령을 받고 찾아뵈었습니다."

"……!"

"기밀 유지 관계로 방문을 미리 알리지 못한 점, 용서해 주십시오."

팽무위의 머릿속에 조금 전 읽었던 전서의 내용이 한 자 한 자 또렷하게 떠올랐다.

**총사는 직접 나설 필요가 없고, 내가 보낸 자들이 알아**

**서 처리할 것이니 일이 끝난 뒤에 뒤처리만 문제없이 잘해 주면…… 後略.**

'빌어먹을…….'

같은 시각 금의위의 막사.

바르르…….

전서를 읽는 위사의 손이 가늘게 떨렸다. 죽은 부총관을 대신하여 남부군단의 금의위를 이끄는 자였다.

그의 흔들리는 두 눈은 충격과 불신이 진하게 담겨 있었다.

'대군과 태자궁의 전령을 죽이라니.'

그에게도 팽무위와 같은 명령이 떨어졌다.

이황자의 명이라면 불구덩이에도 뛰어들 각오가 되어 있지만, 이환을 죽이는 것은 차원이 다른 일이었다. 아무리 이환이 서출이라도 엄연히 황제의 아들이지 않은가.

질끈!

위사는 두 눈을 감았다.

그는 오늘 처음으로 죽은 부총관을 대신하여 수하들을 이끌게 된 것을 후회했다.

'안 되겠다. 총사와 의논을 해 봐야겠다!'

자리를 박차고 일어선 위사는 한 걸음도 떼지 못했다. 문을 열고 들어서는 자들 때문이었다.

"당신들은 누구요?"

"황궁에서 왔소."

"혹시 이황자께서 보내셨소?"

"그렇소."

백포인은 위사가 손에 쥐고 있는 전서를 힐끗 쳐다보고는 물었다.

"저하의 뜻은 확인하였소?"

"방금 확인했소."

백포인이 잠시 말없이 위사를 조용히 쳐다봤다. 위사는 백포인의 마주 보지 못한 채 외면했다.

"하기 싫으면 빠져도 좋소. 단, 이후에 일어날 일은 온전히 당신이 책임져야 할 거요."

"……!"

까가강!

"허리를 펴야지!"

"보폭이 너무 좁다!"

딱!

“큭!”

송회가 막대기로 차중경의 머리를 사정없이 때렸다. 차중경이 참지 못하고 두 손으로 머리를 감싼 채 드러누웠다.

“머리 좀 때리지 말라니까요!”

“어쭈, 반항하지?”

송천무가 나섰다.

“조금 쉬었다 하시죠.”

“조나라 냄새를 빼려면 이 자식은 더 굴려야 해! 일어나! 안 일어나?”

“싫은데요?”

“이 자식이 자꾸 개기지?”

그때였다.

비월의 여무사가 뒷마당으로 나섰다.

“손님이 오셨습니다.”

“손님?”

“예. 어떤 장수께서 찾으십니다.”

“알았네.”

딱!

“크억!”

송회가 차중경의 머리를 한 대 더 쥐어박고는 전각으로 들어갔다. 차중경이 송회의 뒷모습을 노려보며 씩씩거렸다.

"아오, 저걸 그냥."

"참으세요. 다 우리 잘되라고 저러시는 거 아니겠습니까."

"잘되라고 저러기는. 확 그냥 성질 같아서는 계급장 떼고 붙어 버릴까 보다."

그때 여무사가 말했다.

"좀 씻으시죠?"

"……땀 냄새가 심합니까?"

"예. 아주 많이."

"아, 알겠습니다."

송천무가 머쓱한 표정으로 일어섰다. 차중경도 뒤따라 벌떡 일어서더니, 둘은 이내 바람처럼 강으로 뛰어갔다.

여무사가 그 모습을 보며 입술을 삐죽였다.

"저 사람들은 개인 수련이 얼마나 큰 특혜인지도 모르나 봐. 칫!"

여무사는 두 손으로 턱을 괴고 남쪽을 바라봤다.

"그나저나 우리 월주님은 언제 돌아오시려나."

남부군단에서 반나절 거리에 있는 자그마한 도시.

이환 일행은 그곳에서 술과 음식을 먹으며 지친 몸을 잠시 달랬다.

살 물건이 있다면서 뒤늦게 합류한 고미가 자리에 앉기가 무섭게 입을 열었다.

“황도 인근에서 또 황족을 시해하는 사건이 벌어졌다고 합니다.”

고미의 그 말에 이환은 먼저 이영을 떠올렸다. 황족을 노리는 놈들이 그녀의 존재와 거처를 모를 리 없으리라.

철무옥이 중얼거렸다.

“금군은 놀고 있나?”

“흉수들이 무림의 고수라면, 제아무리 금군이라도 쉽사리 잡지는 못할 거예요. 가뜩이나 불특정한 시간에 치고 빠지는 식으로 나오니 더 힘들다고 봐야겠죠.”

“설사 그렇다 해도 노리는 대상이 이미 드러났으면 금군이나 다른 기관들이 황족들의 경호를 강화했을 게 아니오?”

“그렇긴 한데…….”

철무옥이 이환을 돌아보며 말했다.

“마마는 걱정하지 마십시오. 저희 일맥이 그림자처럼 따르며 곁을 호위하고 있을 겁니다.”

쪼르륵.

이환은 술을 한 잔 비우고 입을 열었다.

“월주는 죽은 황족들의 성향부터 파악해 봐. 따로 원한을 살 만한 행실이나 사건이 있었는지를 집중적으로 파 보도록 해.”

"예, 대군."
그때 주태가 넌지시 끼어들었다.
"태자궁과 가까운 황족들이 당한 거면 이황자를 의심할 수밖에 없겠군요."
"일전에는 이황자와 가까운 황족이 죽었으니 그건 아닐 것이다."
"하면 역모를 꾀하는 세력일까요?"
"현재로서는 무엇이라 말할 단계가 아니니 윤곽이 잡힐 때까지 지켜볼 수밖에."
이환은 빈 잔에 술을 채웠다.
쪼르륵.
그때였다.
누군가 다가왔다. 모두가 고개를 돌려 쳐다보니 갑주를 걸친 장수 두 명이었다.
"충!"
그들이 이환을 향해 군례를 취했다.
목소리가 얼마나 쩌렁쩌렁했는지 객잔 안의 모두가 젓가락질을 멈추고 이환 쪽을 쳐다봤다.
"휴가 나온 건가?"
"예! 그렇습니다!"
"즐겁게들 놀다가 들어가."
이환이 눈짓을 하자 주태가 품속에서 전낭을 꺼내어 장

수들에게 건넸다.

"아닙니다! 괜찮습니다!"

"받아."

"감사합니다!"

이환이 시선을 거두고 술잔을 입으로 가져가려 할 때였다.

"축하드립니다, 대군!"

이환이 술잔을 내려놓고 장수들을 응시했다.

"무슨 축하?"

"대군께서 곧 금군의 수장이 되실 거라는 소문이 장수들 사이에 이미 파다하게 퍼져 있습니다!"

"……."

이환은 이게 무슨 소린가 싶었다.

뜬금없이 금군의 수장이 된다니. 누구보다 놀란 사람은 고미였다.

그녀는 금군의 수장이 어떤 자리인지 누구보다 잘 알고 있었다.

'낭설이겠지. 그 자리는 대군이 오를 수 있는 자리가 아니야.'

이환을 무시해서가 아니었다. 그만큼 금군의 수장은 막강한 권력을 행사하는 요직이었고, 대대로 조정의 대신들이 맡아 왔었다.

이환이 물었다.

"어디서 나온 소리지?"

"제 동료 중에 황궁에서 근무하는 친구가 있는데, 이미 황궁에도 소문이 파다하게 퍼져 있다 합니다! 태자궁에서 임명하실 거라고 말입니다!"

'태자궁에서 나를 금군의 수장에 임명한다고?'

이환은 고미를 돌아봤다.

"태자궁에 금군의 수장을 임명할 권한이 있었나?"

"몇 해 전에 폐하께서 태자궁에 임명권 일부를 양도하신 적이 있습니다. 양도한 임명권에 금군의 수장이 포함되었다면 충분히 가능하고도 남습니다."

이환은 의자에 몸을 기대며 눈빛을 가라앉혔다.

'사실이라면 태자가 말한 나를 찾을 때가 바로 지금이라는 건데.'

탁.

"일단 군영으로 가지."

"예."

팽무위는 하루 종일 막사 밖으로 나서지 않았다. 문치용이 보낸 자들은 물론이고 부장조차 그를 만나려 했지만 문을 열어 주지 않았다.

지금 그는 자신의 생에서 가장 힘든 시간을 보내는 중이었다.

'대군을 죽이라고? 내가 어떻게 그분을 죽여.'

'아니 그냥 형제끼리 사이좋게 지내면 안 되나? 뭘 이렇게 못 잡아먹어서 안달이야, 안달이.'

'일이 잘못되면 역적 신세가 될 텐데.'

온갖 상념이 팽무위를 괴롭혔다.

가장 그를 심란하게 만든 건 이환에 대한 정이었다. 비록 세뇌에 의한 감정이었지만, 그걸 모르는 팽무위에게 이환을 향한 마음은 진심이었다.

'빌어먹을!'

꽉!

팽무위는 두 손으로 머리를 감싸며 괴로워했다. 거부할 수도, 따를 수도 없는 이 상황이 그저 악몽이기를 바랄 뿐이었다.

그때였다.

"대군이 돌아오고 있소. 반나절 후면 군영에 이를 것이오. 그 전에 움직여야 하지 않겠소?"

싸늘한 목소리가 벽을 뚫고 흘러들었다.

하지만 팽무위는 대꾸하지 않았다.

"이러면 총사는 물론이고 팽가까지 윗분들의 노여움을 감당해야 할 거요."

이어진 말은 명백한 협박이었다.

파르르…….

잠을 자지 못해서 붉게 충혈된 두 눈이 가늘게 흔들렸다. 뒤이어 단호한 결기가 동공 깊숙한 곳에서부터 피어났다.

꽈악!

치아가 파고든 입술에서 피가 뚝뚝 떨어지며 흔들리던 눈동자가 한순간 한기를 머금었다.

팟!

'까짓것, 될 대로 되라지.'

저 멀리 군영이 보이기 시작했다.

이제는 집처럼 편안한 곳이 되어 버린 군영을 보며 이환은 격세지감을 느꼈다.

'하긴 다시 태어난 곳이나 마찬가지이니.'

철무옥이 넌지시 물었다.

"태자궁에서 금군의 수장으로 임명하면 받아들이시겠습니까?"

"생각 중이다."

이번에는 이환이 물었다.

"너희 생각은 어때?"

“저는 무조건 받아들이셔야 한다고 봅니다. 금군의 수장이 되시면 황궁 인근의 주요 도시들을 아우를 수 있게 됩니다. 그건 실로 엄청난 권력이 아니겠습니까?”

“저도 동감입니다.”

고미로부터 금군에 대해 상세하게 들었던 철무옥과 주태는 적극 찬성했다.

“월주는 왜 말이 없지?”

“저는…….”

말끝을 흐리던 고미가 답을 않고 오히려 되물었다.

“중앙 정치에 뛰어들 생각이 있으십니까?”

“금군의 수장이 되면 중앙 정치에 뛰어드는 격인가?”

“예. 아주 막강한 권력을 갖게 되는 자리이니까요. 대군께서 금군의 수장이 되신다면 황후마마와 이황자도 절대 좌시하지는 않을 것입니다.”

“겁을 주는 것처럼 들리는군.”

“그렇게 들으셨다면 죄송합니다. 단지 저는 사실을 말씀드렸을 뿐입니다.”

“만약 내가 중앙 정치에 뛰어들 각오가 되어 있다면?”

“하면 대군의 뜻대로 하십시오.”

“내가 중앙으로 올라가도 변함없이 나를 따를 건가?”

“태자 전하께서 대군을 주군처럼 섬기라 하셨으니 따를 것입니다.”

이환은 내심 쓴웃음을 지었다.

그에게는 마치 따르기 싫은데 태자 때문에 따른다, 이렇게 들렸기 때문이다.

이환은 걸어가면서 생각했다.

'금군을 거느릴 수 있다면 이후의 행보에 상당한 도움이 될 터. 하지만 월주의 말처럼 중앙 정치에 뛰어들어야 한다면…….'

정치라면 질색이었다.

자신의 시대에서도 정치적인 판단을 해야 할 때가 닥치면 골머리를 앓곤 했었다. 그래서 가급적 힘으로 해결하는 걸 선호했었다.

휘이잉!

바람이 갑자기 강하게 불었다.

그리고 저만치 앞 숲에서 한 무리의 새가 하늘로 날아올랐다.

푸드덕!

이환의 눈빛이 슬며시 변한 것도 그때였다.

"우리를 기다리는 손님이 있는 것 같군."

딸깍.

주태와 고미가 검을 살짝 밀어 올렸다. 철무옥은 어깨에 메고 있던 대도를 아래로 내렸다.

이환은 아무 일도 없다는 듯 보폭과 속도에 변화를 주지 않았다.

전방을 살펴보니 삼십 장 앞에서부터 길이 좁아지고 있었다. 나뭇잎이 무성하게 달린 나뭇가지가 길 한가운데까지 늘어져 있어서 기습에 최적의 환경이었다.

'군영 코앞에서 나를 노린다?'

이환은 걸어가면서 공력을 끌어올렸다.

그가 다른 무림인들과 확연히 다른 점이 있다면 공력을 끌어올려도 상대가 눈치채지 못한다는 점이었다. 그가 창안한 심법 덕분이었다.

거리는 점점 가까워졌다.

이환의 뒤를 따르는 셋은 발검을 준비한 채 표정의 변화 없이 묵묵히 걸었다.

스슥!

이환이 길 한가운데까지 늘어진 나뭇가지를 손으로 밀어냈다.

바로 그때였다.

팟!

숲 너머에서 여러 개의 빛이 동시에 일었다. 빛은 이환이 아닌 철무옥과 주태를 노리고 날아들었다. 이환의 입가에 실소가 맺혔다.

'나보다는 저들이 더 신경이 쓰인다?'

비로소 확실해졌다.

상대는 자신을 가장 약한 존재로 보고 있었다. 그래서 철무옥과 주태부터 처치하기로 작정한 것이리라.

까가강!

날아든 빛은 철무옥과 주태의 방어를 뚫지 못하고 모조리 튕겨 날아갔다. 동시에 숲 위로 솟구쳐 오르는 자들이 있었다.

이환의 우수가 파랗게 변했다.

청강수였다.

"이것들이 감히!"

주태와 철무옥이 치고 나갔다. 동시에 고미는 재빨리 이환의 곁으로 다가와 방어 자세를 취했다.

콰지직!

"크악!"

"으아악!"

허공으로 솟구쳤던 두 명이 상체와 하체가 분리되는 참혹한 죽음을 맞았다. 두 명을 무참히 죽인 철무옥과 주태가 숲으로 뛰어들었다.

까가강!

콰콰콱!

"크아악!"

"크악!"

숲 너머에서 처절한 단말마가 연이어 터졌다.

이환은 고미에게 주의를 줬다.

"조심해."

"예!"

철무옥과 주태의 궤적에서 비켜나 있던 자들이 이환을 향해 곧장 떨어져 내렸다.

이환은 정수리를 향해 떨어지는 검의 측면을 가볍게 후려쳤다.

까앙!

"컥!"

파팟!

외마디 신음과 함께 상대의 손목에서 피와 함께 뼈가 튀어나왔다.

"놈을 사로잡아 둬!"

"예!"

고미는 휘청거리는 자의 다리를 가차 없이 베었다. 이환은 괴한의 검으로 또 다른 괴한의 허리를 노렸다. 하지만 좌우에서 두 명이 동시에 달려드는 바람에 보법을 이용해 뒤로 빠질 수밖에 없었다.

퍼퍽!

그가 서 있던 곳에서 흙먼지가 치솟았다. 이환은 흙먼지를 향해 장력을 퍼부었다. 강력한 힘에 휩쓸린 흙이 두 괴한을 향해 날아갔다.

한순간 시야가 가려진 탓일까?

괴한들이 각각 좌우로 몸을 움직이며 이환을 찾았다. 하지만 이미 늦은 뒤였다.

퍽!

"컥!"

이환의 손을 떠난 검이 한 괴한의 머리를 꿰뚫었다. 동시에 청광이 다른 괴한의 머리를 감싸더니 퍽 하는 소리와 함께 형체도 없이 사라졌다.

후두둑!

뇌수와 피가 바닥으로 떨어졌다.

그곳에 이환이 내려섰다.

'제법 괜찮아졌군.'

이환은 현재 자신의 상태에 만족했다. 이제 온전한 힘의 팔 할 정도. 이 정도면 천하의 누구와 붙어도 죽지 않을 자신은 있었다.

"괜찮으십니까?"

"나는 괜찮으니까, 상황이 종료될 때까지 집중해."

"예."

이환은 비명이 섬광이 난무하는 숲을 응시했다. 고미는 사로잡아 놓은 자의 곁에서 이환을 쳐다봤다. 그녀의 두 눈은 놀람으로 가득했다.

방금 이환이 보여 준 무위는 누구라도 놀라지 않을 수

없는 수준이었다. 더 놀라운 것은 지금까지 이환은 자신의 검을 뽑지도 않았다는 점이었다.

"크악!"

"끄아악!"

처절한 단말마가 숲을 흔들었다.

그리고 이내 정적이 내려앉았다. 고미는 긴장한 채 철무옥과 주태가 나오기를 기다렸다.

그러기를 눈 몇 번 깜박일 시간이 흘렀을까?

스슥!

수풀이 흔들리더니 한 사람이 모습을 드러내었다. 철무옥이었다. 그는 막 지옥에서 뛰쳐나온 야차의 모습을 하고 있었다.

얼마나 피를 뒤집어썼는지, 한 걸음 걸을 때마다 몸에서 핏덩어리가 뚝뚝 떨어졌다. 그런데 주태가 보이지 않았다.

고미의 얼굴이 굳어졌다.

'설마…….'

그때였다.

조금 옆에서 주태가 불쑥 모습을 드러내었다. 그 역시도 철무옥만큼이나 혈인(血人)의 모습을 하고 있었다.

둘이 이환을 향해 머리를 숙였다.

"모두 처치했습니다."

"도주한 놈은 없나?"

"없습니다."

이환은 손목이 부러지고 다리 하나가 잘린 채 고통에 신음하는 자를 향해 천천히 돌아섰다.

고미는 철무옥과 주태의 상태부터 확인했다. 하지만 워낙에 피를 많이 뒤집어쓰고 있어서 몸이 성한지 다쳤는지 도무지 확인할 수가 없었다.

"다쳤나요?"

"무슨 그런 섭섭한 말씀을."

"내 피가 아니오."

"월주는 괜찮소?"

"전 뭐, 한 것도 없는데 당연히 멀쩡하죠."

"그럼, 잠시 안 보이는 곳으로 갔다가 오시오."

"……예?"

"보기가 좀 그럴 것이오."

처음엔 영문을 몰랐던 고미였다. 하지만 이내 뜻을 알아차리고는 눈에 힘을 주며 말했다.

"괜찮아요."

고문이 시작되고 얼마 지나지 않아 고미는 고개를 돌렸다.

상대는 끝까지 버텼고, 이환은 물러서지 않았다. 그는

가장 단순하면서도 폭력적인 방법을 사용했다.

비록 시간은 걸려도 오히려 그러한 방법이 세상의 그 어떤 고문술보다 잔혹했고, 대상의 의지를 더욱 확실하게 꺾어 버릴 수 있었다.

잠시 후 이환은 기어코 원하는 답을 얻어 내기에 이르렀다.

"채, 책사께서 대, 대군을 죽이라 명령했습니다."

"이황자의 책사를 말하는 것이냐?"

"……예."

"팽무위도 가담했나?"

"솔직히 잘 모르겠습니다. 전서를 받은 이후, 이틀 동안 막사에서 꼼짝하지 않고 있습니다."

체념을 한 것일까?

괴한은 순순히 털어놓았다.

이환은 팽무위를 떠올렸다.

'그가 가담하면 아주 힘든 싸움이 될 테지.'

이환은 고미를 돌아봤다.

순간 고미는 오싹했다. 이환의 눈동자에 아무런 감정조차 떠올라 있지 않은 까닭이었다.

"이황자의 책사에 대한 정보를 갖고 있나?"

"그쪽은 접근 자체가 어려워 현재로서는 정보랄 것도 없는 수준입니다. 죄송합니다."

"그럼 오늘부터 제대로 알아보도록 해."

"알겠습니다."

서걱!

주태가 괴한의 목을 잘랐다.

철무옥이 물었다.

"군영에 있는 놈들은 어떻게 하시겠습니까?"

"쓸데없는 질문이다."

"다 죽이겠습니다."

이환은 성큼 앞으로 나섰다.

철무옥과 주태가 서로를 쳐다보며 슬며시 미간을 좁혔다.

[화가 단단히 나신 것 같은데?]

[그러게.]

한편 고미는 이환의 뒷모습을 응시하며 불안감을 감추지 못했다.

'죽이려고 온 자들이 기다리고 있는데 이렇게 무작정 들어간다고?'

그녀가 말리려고 할 때 이환이 걸음을 멈췄다.

"너희 셋은 막사로 가서 대기하고 있어. 아무도 모르게 들어가야 한다는 것을 명심하고."

"저희만 말입니까?"

"난 들러야 할 곳이 있다. 아무 일 없을 테니 걱정하지 말고 막사에 있는 녀석들이나 잘 지켜 줘."

"알겠습니다."

팟!

땅을 박차고 뛰어오르는 이환.

세 사람은 숲 너머로 사라지는 이환을 응시하며 낯빛을 굳혔다.

"이러면 거의 확실해진 건가?"

"금군의 수장 자리 말이냐?"

"주군을 모신 지 얼마 되지는 않았지만, 확실하게 느낀 점이 하나 있지. 상대가 싸움을 걸어오면 절대 피하지 않는다는 거."

피식.

"누가 주군한테 먼저 싸움을 걸어온 적이 있긴 했었나?"

"그런가?"

"항상 당신이 먼저 움직이셨다. 그리고 당신이 원하는 완벽한 결말을 내셨지. 어쩌면 이번 사건도 마찬가지가 될 거야."

씨익.

주태가 치아를 드러내며 웃었다.

"이거 점점 갈수록 더 재밌어지겠는걸? 후후후."

"즐기는 것처럼 보이는군."

"지금까지 살아온 삶이 너무 무료했으니까."

금의위의 막사.

문치용의 직속들은 여전히 그곳에서 머물렀다. 위사들은 그들을 극진히 대했다.

유난히 날카로운 인상을 가진 백포인이 수하를 향해 물었다.

“아이들은 제대로 배치했겠지?”

“예. 확인해 보니 군영으로 들어서는 길목이 하나뿐이었습니다. 그곳에 쓸 만한 녀석들을 다수 보내 두었으니 곧 대군의 목을 갖고 올 것입니다.”

백포인이 자리에서 일어나 창문을 열었다. 물줄기를 가운데 두고 바로 맞은편이 이환의 막사였다.

“해가 떨어지면 저곳에 있는 놈들도 모두 처리한다.”

“태자의 전령도 죽입니까?”

“물론이다. 그가 살아서 빠져나가면 이후에 문제가 될 수도 있으니 반드시 죽여야 한다.”

“알겠습니다.”

그때였다.

청포인 하나가 문을 열고 들어섰다.

팽무위를 압박하던 자였다.

“좌장군이 아직도 문을 열지 않고 있습니다.”

"흥! 이 일에서 빠지고 싶다는 것이겠지. 하긴 한낱 무가 출신이 대군을 죽이는 일에 나설 배짱이 있을까? 그냥 놔두거라."

"이러다가 대군을 돕겠다고 나서면 문제가 커지지 않겠습니까?"

"그랬다가는 자신의 가문이 풍비박산이 난다는 것을 모를 리 없을 터. 그냥 이 일 자체가 두려워 나서지 않는 것이니 그냥 지켜보기만 하거라."

"알겠습니다."

청포인이 돌아갔다.

백포인은 창을 통해 이환의 거처 주변을 날카롭게 살피며 비웃음을 머금었다.

"저긴 몇 놈만 보내면 해결되겠군."

거처 주변에 경계를 서는 무사조차 없었다. 그나마 간혹 밖으로 모습을 보이는 건 음식 쓰레기를 치우는 숙수와 보조병뿐이었다.

백포인의 입가에 냉소가 번졌다.

"아무 능력도 없는 사황자를 허수아비로 세워 놓고 금군을 장악하겠다? 어림도 없는 소리. 불쌍한 사황자는 태자 당신 때문에 죽는 것이오."

서서히 노을이 지고 있었다. 오늘따라 노을이 유난히 붉었다.

'피를 부르기 딱 좋은 날씨군. 후후후.'

정천이 팽무위의 막사를 찾았다.

한데 이태지가 보낸 백포인과 청포인들이 그의 앞을 막아섰다.

"아무도 들이지 말라는 총사의 명입니다."

정천은 특유의 거친 눈빛으로 그들을 응시했다.

"처음 보는 얼굴인데, 소속이 어디지?"

"황궁에서 왔습니다."

"한데 왜 너희들이 총사의 막사를 경계하는 것이냐? 팽가의 무사들은 어디 갔느냐?"

"총사의 명입니다."

"그래? 내가 확인해 보지."

정천은 문을 향해 다가갔다.

하지만 백포인과 청포인들이 다시 앞을 막아서며 비켜서지 않았다.

"그만 돌아가십시오."

"비켜."

"안 됩니다."

"비키라고 했다."

"그래도 안 됩니다."

그때였다. 금의위의 막사를 찾아갔던 청포인이 돌아왔다. 그가 정천을 향해 오만한 어조로 말했다.

"지금은 총사를 뵐 수 없으니 그만 돌아가시지요, 장군."

"그쪽이 우두머리인가?"

"말씀이 지나치십니다. 우두머리라니요. 아무리 장군이라도 언사에 조심을 기해 주셔야겠습니다."

꿈틀.

정천의 눈썹이 날카롭게 휘어졌다.

그때였다.

"엇!"

누군가의 입에서 당혹성이 터졌다.

정천이 머리를 조아린 것도 그때였다.

"대군을 뵙습니다."

이환은 자신을 쳐다보며 놀라는 자들을 천천히 쓸어 보았다.

정천의 앞을 막아섰던 청포인은 애써 속내를 감추며 표정을 유지했다. 하지만 그는 속으로 경악하고 있었다.

'이자가 어떻게 여기까지! 하면 실패했단 말인가? 아니

다. 그럴 리가 없다. 그곳에 배치한 아이들은 모두 고수. 절대 빠져나올 수 없다.'

그는 수하들의 실력을 믿었다.

그러했기에 이환이 다른 길로 왔을 것으로 생각했다. 하지만 그것으로도 의문은 풀리지 않았다.

'분명 군영으로 통하는 길은 하나뿐인데…….'

그때 이환이 말했다.

"총사에게 내가 왔다고 전해라."

"아무도 들이지 말라는 총사의 명입니다."

"총사의 명이 내게도 통한다더냐?"

"……!"

이환은 막아선 자들을 밀치고 앞으로 나섰다. 하지만 청포인은 물러서지 않았다.

"그만 돌아가시지요, 대군."

"비켜."

"죄송하지만 그럴 수 없습니…… 컥!"

콱!

이환이 손을 뻗어 청포인의 목을 움켜쥐었다. 돌연한 상황에 주변의 청포인과 백포인들이 반사적으로 검파에 손을 얹었다.

그러자 정천의 눈이 불을 뿜었다.

"그 손, 내려놓지 못할까!"

"……!"

그때였다.

"감히 무부 따위가 대군을 능멸하다니."

이환의 싸늘한 목소리에 이어 뼈가 으스러지는 소리가 울렸다.

으드득!

뒤이어 청포인의 고개가 옆으로 꺾였다. 목을 내준 채로 그대로 절명한 것이다.

털썩!

"……!"

오히려 정천이 놀랐다.

자초지종을 모르는 그로서는 충분히 그럴 수 있는 상황이었다.

이환은 다른 청포인을 향해 말했다.

"열어."

"……!"

이환의 손이 허공을 갈랐다. 그러자 청포인의 머리가 수박처럼 터져 나갔다.

퍽!

"크악!"

이환의 시선이 그 옆의 백포인에게로 향했다.

"열어."

그때였다.

쾅!

막사의 문이 거칠게 열리더니 팽무위가 밖으로 나섰다. 그런데 그 뒤를 중무장한 팽가의 무사들이 우르르 따라나서고 있었다.

정천이 황급히 검을 뽑았다.

챙!

"무슨 짓이오, 총사?!"

채채채챙!

백포인과 청포인들도 일제히 검을 뽑았다. 그들은 신속하게 이환과 정천의 주변을 에워쌌다.

[대군! 소장이 이들을 막겠으니 속히 자리를 피하십시오!]

이환은 웃었다.

팽무위의 진심이 확인된 것이다. 사실 팽무위가 자신을 죽이는 일에 가담했다면 그부터 죽일 생각을 하고 있었다.

"괜찮소."

이환은 팽무위를 직시했다.

둘은 시선이 허공을 격하고 얽혀 들었다. 뒤이어 팽무위의 입술을 뚫고 명령이 떨어졌다.

"쳐라!"

이환과 팽무위가 마주 앉았다.

정천은 입구에 의자를 갖다 두고 검을 든 채로 그곳에 앉았다.

이환과 팽무위는 꽤 오랜 시간에 걸쳐 대화를 나눴다. 팽무위는 간혹 불안감을 내비치면서도 결기에 찬 모습을 보여 주었다.

도중에 이환이 물었다.

"후회하지 않겠소?"

"두렵기는 하지만 후회하지는 않습니다. 소장이 비록 출세에 눈이 멀어 이황자의 휘하에 들었지만, 이런 짓에 가담할 만큼 타락하지는 않았습니다."

"이황자가 가만히 있지 않을 거요."

"각오하고 있습니다. 세가에도 이미 전서를 통해 자초지종을 알려 두었습니다."

"세가의 사람들이 총사의 뜻에 따를 거라 보시오?"

팽무위가 대답하지 못했다. 하지만 곧 이를 드러내며 씩 웃었다.

씨익.

"뭐, 잘못되면 파문을 당하는 것 말고 더 있겠습니까? 대신 대군께서 저를 책임져 주십시오. 머리는 나빠도 힘

하나는 자신 있으니, 밥값은 해낼 자신이 있습니다."

우직하면서도 투박한 모습에 이환은 흐릿한 미소를 머금었다.

그때 문을 열고 부장이 차를 갖고 들어섰다.

열린 문 너머로 마당에 무릎을 꿇고 앉은 청포인과 백포인들의 모습이 얼핏 보였다. 팽가의 무사들이 그 주변을 철통처럼 에워싸고 있었다.

이환이 물었다.

"밖에 있는 저 친구들도 파문당할 수 있을 텐데. 괜찮겠소?"

질문에 답은 부장이 했다.

"저희는 이미 총사와 운명을 함께하기로 맹세하였으니 염려 마십시오, 대군!"

팽무위가 히죽 웃었다.

"이놈들이 이런 놈들입니다. 흐흐흐."

웃고 있었지만, 두 눈은 붉게 변해 있었다.

이환은 그 의미를 충분히 짐작했다.

'힘든 결정이었을 테지. 세가의 무인에게 세가를 버리는 것은 목숨을 버리는 것과 다르지 않을 테니까.'

가슴 깊숙한 곳에서 묘한 감정이 일어났다.

처음 팽무위는 분명 적이나 다름없었다. 팽무위도 자신을 그렇게 여겼을 것이다.

그런 그가 자신을 선택했다.

어쩌면 이 선택으로 인해 세가의 식솔들이 위험해질 수도 있었다. 그 모든 것을 무릅쓰고 자신을 선택하기까지 얼마나 크고 깊은 고뇌에 빠졌을까?

"총사."

"예?"

"고맙소."

"……."

주르륵!

팽무위의 뺨을 타고 굵은 눈물이 흘러내렸다. 뒤이어 애써 억눌러 두었던 속내가 터져 나왔다.

"딸아이가 세가에 있습니다. 어려서 어미를 잃고 지금껏 저 하나만 바라보고 자란 아이입니다. 일이 잘못되기 전에 그 아이를 데려와야 할 것 같습니다."

"총사가 가기에는 너무 먼 길이니 내게 맡기시오. 내가 책임지고 아이를 지켜 주겠소."

"대군께서 어떻게……."

이환은 대답 대신 팽무위의 부장에게 말했다.

"지필묵을 준비하거라."

"예!"

덩달아 눈물을 훔치고 섰던 부장이 황급히 먹을 갈기 시작했다.

잠시 후 이환은 전서를 작성해서 정천에게 넘겼다.

"태자궁으로 보내시오."

"알겠습니다."

이환은 다시 팽무위를 응시했다.

감정이 어느 정도 가라앉았는지 팽무위의 호흡이 확연히 가라앉아 있었다.

"황궁에서 하북은 멀지 않은 곳이니 금방 움직일 것이오. 나보다는 태자궁을 믿으시오."

"태자궁에서 제 딸아이를 구해 준단 말입니까?"

"그렇소."

팽무위의 얼굴이 조금은 밝아졌다.

"총사는 내 손만 잡은 게 아니라 태자의 손까지 잡은 것이오. 이 사실을 알리면 팽가도 총사의 선택에 따를 수도 있을 것이니 기다려 봅시다."

콰악!

팽무위가 입술을 굳게 깨물었다. 뒤이어 두 눈에서 불꽃을 일으켰다.

"저 개자식들부터 박살을 내 버려야지 않겠습니까?"

금의위의 막사.

어둠이 내려앉기 시작했다.

팽무위의 막사에서 무슨 일이 벌어졌는지 까맣게 모르는 백포인과 일행들은 느긋하게 저녁을 즐겼다.

일전에 죽은 부총관을 대신하여 대행을 맡은 자가 빈 잔에 술을 채우며 넌지시 물었다.

쪼르륵.

"이황자께서 제위에 오를 수 있을 것 같소?"

"이런 곳에서 나눌 말은 아닌 것 같소."

"한편인데 괜찮지 않겠소?"

"안 되는 건 안 되는 것이오."

이번에는 백포인이 물었다.

"듣자 하니 사황자가 생사지경에서 회복한 이후로 완전히 다른 사람이 되었다고 하던데, 도대체 뭐가 어떻게 변한 거요?"

"변했다기보다는 그동안 힘을 감추고 있었다는 게 옳은 표현인 것 같소. 성격이야 그럴 수 있다지만 무공이 하루아침에 강해질 순 없지 않겠소?"

"무공까지 강해졌단 말이오?"

"그냥 강해진 정도가 아니오."

백포인이 미간을 좁혔다.

"허수아비 대군이라는 모욕을 감수하면서까지 힘을 숨기고 있었다? 이거 좀 수상한 것 같소이다?"

"어쩌면 태자궁은 사황자의 그런 능력을 처음부터 알고 있었던 것 같소. 아니면 그에게 금군의 수장을 맡길 생각은 하지 못했을 것이오."

"그럴 일은 절대 벌어지지 않소."

부총관 대행의 말을 일축한 백포인은 술잔을 비우고 고기 한 점을 입안에 털어 넣었다.

그때였다.

밖에서 굵직한 목소리가 흘러들었다.

"총사께서 오셨습니다."

"미련한 자가 이제야 정신을 차린 모양이군. 모셔라."

잠시 후 문이 열리고 팽무위가 들어섰다. 갑주에 대도까지 들고 들어선 그는 대뜸 백포인의 맞은편에 앉더니 술을 병째 들이켰다.

벌컥벌컥!

백포인이 슬며시 미간을 찡그렸다.

아무리 총사라도 자신이 마시던 술을 허락도 구하지 않은 채 제멋대로 들이켜는 건 크나큰 실례였다.

탁!

술병을 내려놓은 팽무위가 백포인을 직시하며 물었다.

"내가 어떻게 하면 되겠느냐."

"총사께서는 그냥 가만히 계셔 주시면 됩니다. 나머지는 저희가 알아서 합니다."

팽무위는 백포인의 입가에 흐릿하게 떠오른 비웃음을 놓치지 않았다.

씨익.

"자신은 있고?"

"물론입니다."

팽무위는 금의위의 부총관 대행을 돌아보며 물었다.

"자네는 어쩔 생각인가?"

"이황자의 명이니 당연히 따라야 하지 않겠습니까?"

"이황자의 명이라서가 아니라 자네 마음을 물었다. 정녕 이 일에 나설 생각인가?"

"물론입니다. 총사께서도 그러시기로 마음을 굳히신 거 아닙니까?"

"아니."

"예?"

씨익.

팽무위가 치아를 드러내며 특유의 투박한 웃음을 지었다.

"네놈들의 모가지를 따기로 결심했지."

"……!"

"지금 그게 무슨 말……!"

백포인이 말하다 말고 황급히 뒤로 몸을 뺐다. 팽무위의 솥뚜껑만 한 손이 목을 향해 날아든 것이다. 상당한 반응 속도였지만 팽무위의 손이 더 빨랐다.

콱!

"컥!"

"역적 도당 주제에 감히 나를 비웃어? 나, 팽무위를!"

으드득!

"끄어어……."

팽무위는 일부러 천천히 목뼈를 으스러뜨렸다. 백포인은 그의 손아귀에서 서서히 죽어 갔다.

이렇게 쉽게 당할 자는 아니었지만, 팽무위를 한편이라 믿었던 상황에서의 기습이라 허망하게 당할 수밖에 없었다.

"……!"

놀란 부총관 대행이 밖으로 뛰쳐나가려다가 그 자리에 얼어붙었다. 문밖에 팽가의 무사들이 시퍼렇게 날이 서 있는 대도를 늘어뜨린 채 살벌하게 그를 노려보고 있었기 때문이다.

부총관 대행은 그 자리에 털썩 주저앉았다.

투둑!

팽무위가 백포인의 머리를 아예 뽑아 버렸다.

솟구친 피가 부총관의 몸으로 쏟아져 내렸다.

"너 이 새끼! 거기서 한 걸음만 더 움직이면 이렇게 될 줄 알아!"

"……!"

# 5장
# 변수

팽가의 막사 뒤쪽 연무장.

팽무위는 그곳에 문치용이 보낸 자들과 금의위의 위사들을 무릎 꿇렸다.

정천을 비롯한 주요 장수들은 이환이 오기를 기다렸다.

정천이 팽무위의 손을 잡았다.

"고맙습니다, 총사."

"그동안 나를 나쁜 놈으로 봤을 텐데?"

"솔직히 그렇습니다."

씨익.

특유의 거친 웃음을 짓는 팽무위. 정천도 웃었다.

그때였다.

"대군께서 오십니다."

이환이 들어섰다.

그 뒤로 철무옥을 비롯한 모두가 따라 들어섰다. 이환의 막사에서 머물던 태자궁의 전령도 있었다.

이환은 무릎을 꿇고 머리를 숙인 자들의 한가운데를 걸어 팽무위가 있는 곳으로 향했다.

처처척!

팽무위를 비롯한 장수들이 군례를 취했다.

“한 놈도 빠짐없이 잡아 두었습니다!”

“다친 거요?”

“제 피가 아닙니다!”

이환은 팽무의의 어깨를 다독이고는 모두를 천천히 쓸어 보았다.

“이들은 나를 죽이기 위해 왔소. 단, 누가 나를 죽이라 명했는지는 말하지 않겠소.”

연무장이 질식할 것만 같은 정적에 휩싸였다. 감히 그 누구도 숨소리 하나 제대로 내지 못한 채 숨을 죽였다. 따지고 보면 이 사태는 조나라와의 전투를 제외하면 남부군단의 역사에서 가장 큰 사건이라 할 수 있었다.

“총사.”

“예, 대군!”

“황실의 대군을 해하려 한 자, 어떤 처벌을 내려야겠소?”

“당연히 목을 베어야 합니다!”

이환은 정천을 비롯한 주요 장수들에게로 시선을 돌렸다.

정천이 외쳤다.

"소장의 생각도 그러합니다!"

"마땅히 참수하여 황실의 지엄함을 보여야 할 것입니다!"

"당장 놈들의 목을 베시어 일벌백계의 본으로 삼으십시오, 대군!"

모든 장수가 이구동성으로 외쳤다.

이환은 시선을 돌려 무릎을 꿇은 자들을 바라봤다. 체념을 한 자들도 있었고, 다가올 죽음이 두려워 흐느끼는 자들도 있었다.

"총사는 형을 집행하시오."

"예, 대군!"

팽무위가 손짓하자 팽가의 무사들이 숫자에 맞춰 앞으로 나섰다.

처처척!

"참수하라!"

팽무위의 외침이 떨어지자, 수십 개의 목이 일제히 땅으로 떨어졌다.

투두두둑!

이환의 등장부터 집행까지 소요된 시간은 채 일각이 걸리지 않았다.

이환은 팽무위와 주요 장수들을 향해 한마디 했다.

"이 시간 이후부터 태자궁이 아닌, 황궁의 누구도 입영을 불허하도록 하시오. 만약 어기는 자가 있다면 저들과 동조한 것이라 여겨 처벌하겠소."

"예, 대군!"

"알겠습니다!"

팽무위의 막사.

정천과 두 명의 장수가 한자리에 모였다.

한 장수가 들뜬 목소리로 말했다.

"하면 이제부터 우리 남부군단이 더는 이황자의 눈치를 살피지 않아도 되는 것입니까?"

"대군께서 황궁에서 오는 누구의 출입도 금하라고 하셨으니 당분간 이번과 같은 일은 벌어지지 않을 것이오. 다만 이황자 쪽에서 가만있을 리가 없을 텐데, 이후 더 큰 사태가 벌어지는 건 아닌지 걱정입니다."

"그건 그때 가서 생각합시다!"

"그럽시다."

한편 정천은 말없이 술잔만 기울이는 팽무위를 응시하며 물었다.

"따님 때문에 걱정되십니까?"

"내겐 목숨보다 소중한 아이라오. 사실 군에 들어온 것도 다 그 아이의 장래를 위한 어쩔 수 없는 선택이었소. 아비가 공직에 있어야 무림인의 딸이라는 오명에서 벗어날 수 있을 테니까 말이오."

"너무 걱정하지 마십시오. 대군께서 장담하셨으니 무사히 모셔 올 것입니다. 소장이 술 한 잔 따르겠습니다."

쪼르륵.

팽무위는 거푸 석 잔을 비웠다.

정천은 그때마다 빈 잔에 술을 따라 주었다. 한 장수가 벌떡 일어나더니 팽무위를 향해 머리를 숙였다.

"그동안 선입견과 편견으로만 총사를 대해 왔었습니다. 부디 소장의 무례를 용서해 주십시오."

"소장도 그러했습니다. 죄송합니다, 총사."

"뭐, 내가 나쁜 놈이었던 건 사실이니 용서하고 말고가 있겠소? 지나간 일은 잊고 앞으로 잘들 해 봅시다."

"감사합니다, 총사."

"예, 총사!"

그날 장수들은 밤을 새워 술을 마셨다.

물론 이환의 허락하에서였다.

며칠 후.

이환은 팽무위를 막사로 불렀다.

며칠 사이에 팽무위는 눈에 띄게 수척해져 있었다. 딸을 걱정한 까닭이리라.

“찾으셨습니까!”

“앉으시오.”

“예.”

이환은 잔에 술을 채워 내밀었다.

“한잔하시오.”

“감사합니다!”

이환은 단숨에 잔을 비우는 팽무위를 웃으며 바라봤다. 그러고는 연통을 내밀었다.

“이게 무엇입니까?”

“읽어 보시오.”

팽무위는 연통을 열어 서신을 꺼내어 펼쳤다. 뒤이어 소리 없이 닭똥 같은 눈물을 펑펑 쏟았다.

“감사합니다. 감사합니다, 대군.”

“황궁은 아이가 있을 곳이 아니오. 해서 황도 근처의 내 누이의 집에서 지내게 될 거요. 잘 보살피라 부탁을 해 두었으니 아무 걱정하지 말고 본연의 직무에 최선을 다해 주시오.”

“예! 대군을 위해서라도 이 팽무위, 남부군단을 위해 헌신하겠습니다! 으흐흐!”

울면서 웃다가 하는 팽무위였다.

이환은 그런 팽무위를 보며 흐릿하게 웃었다.

'어쩌면 좋은 동료가 되어 줄지도.'

잠시 후 이환은 팽무위와 저녁을 들었다. 식사를 이어 가던 도중에 팽무위가 넌지시 물었다.

"금군의 수장직을 수락하실 겁니까?"

"고민 중이오."

이환이 되물었다.

"총사의 생각은 어떻소?"

"솔직한 제 마음은 대군께서 이곳에 남아 주시면 좋겠습니다. 하지만 금군의 수장은 아무나 할 수 있는 자리가 아니니 받아들이십시오."

"흠……."

"솔직히 대군께서 계셔야 할 곳은 전장이 아니라 황궁과 황도이지 않습니까? 하니 지금이라도 본연의 자리를 찾으시는 것이 옳다고 생각합니다."

"일단 고민을 조금 더 해 봐야 할 것 같소. 이제 골치 아픈 얘기는 그만하고 식사나 합시다."

"예."

철무옥과 주태가 각자의 대도와 검을 손질하며 이런저런 대화를 나눴다.

주태가 물었다.

"총사의 딸 말인데, 설마 인질로 잡아 두신 건 아니겠지?"

쿨럭!

철무옥은 사레가 들렸다.

주태가 미간을 좁히며 말을 이었다.

"아무리 생각해도 그런 느낌이 든단 말이지."

"주군을 무슨 사파의 마두쯤으로 봤나?"

"그건 아니지만 워낙에 철두철미하신 분이라 왠지 그럴 것 같다는 생각이 떠나지를 않아. 사실 나라도 그렇게 할 것 같거든. 그것만큼 확실한 안전장치는 없으니까."

철무옥은 피식 웃었다.

"그걸 생각하기 전에 총사의 눈빛을 봤어야지."

"총사의 눈빛이 어땠는데?"

"완전히 빠졌잖아, 주군한테. 여자도 그 정도는 못할 거다."

"그랬나?"

"그런 눈빛은 절대 배신하지 않아. 하니 쓸데없는 말 그만하고, 다 했으면 밥이나 먹으러 가자."

"이미 팽가를 배신한 거 아닌가?"

"배신이 아니라 충의를 지킨 거라고 봐야지. 총사의 숭고한 선택을 욕보이지 말고 그만 일어나라."

둘은 밖으로 나섰다.

이환이 식사를 끝낸 자리에 음식이 새로 놓이고 있었다. 평소 다 함께 식사했는데, 오늘은 팽무위 때문에 다른 사람들은 뒤로 미뤄진 것이었다.

"산책하러 나가셨나?"

"예. 생각할 게 있다시면서 아무도 따라오지 말라 하셨습니다."

휘이잉.

밤바람이 한결 서늘해졌음이 느껴졌다.

산책에 나선 이환은 잔혹한 처형이 이뤄졌던 연무장을 가로질러 산으로 올라섰다.

충!

경계를 서던 무사들이 그를 향해 군례를 취했다. 이제 명실상부, 남부군단의 지도자로 올라선 그였기에 바라보는 무사들의 눈빛은 경외감을 담고 있었다.

사실 남부군단의 모든 무사에게 가장 큰 불만은 지나친

황궁의 간섭이었다.

특히 툭하면 사람들을 보내어 지휘 체계를 혼란스럽게 만든 이황자에 대한 불만이 컸다. 팽무위도 그중의 한 명이었다.

더군다나 금의위 때문에 일거수일투족을 감시받는 상황에 이르자 불만은 거의 폭발할 지경에 이르렀는데, 이환이 모든 걸 일소해 버렸다. 거기에 더는 이황자의 간섭을 받지 않겠다고 천명까지 했으니 무사들은 환호할 수밖에 없었다.

그건 모두가 존경했던 전 총사 황호조차도 하지 못한 쾌거였다.

한 장수가 공손히 머리를 숙였다.

"어서 오십시오, 대군."

"별일 없나?"

"예. 한데 산책을 나오신 겁니까?"

"속이 좀 불편해서. 그럼 수고해."

이환은 산길을 타고 올라 망루가 있는 곳으로 향했다. 망루에 오르면 무사들의 가족이 거주하는 도시가 한눈에 들어온다.

이환은 가끔 그곳에 올라 산악 지대의 한가운데에 불꽃처럼 피어난 도시의 야경을 즐기곤 했었다. 그렇게 얼마를 더 걸었을까?

뒤에서 인기척과 함께 누군가 다가왔다. 고미였다.

이환은 걸음을 멈추고 그녀를 응시했다.

“보고드릴 것과 여쭐 것이 있습니다.”

“더 중요한 게 뭐지?”

“혹시 결정하셨습니까?”

“금군의 수장직 말인가?”

“예.”

“내 결정이 월주에게 중요한 모양이군. 혹시 내가 수락하면 함께 황궁으로 돌아갈 생각은 있나?”

“말씀드렸다시피 저는 대군을 주군으로 섬기라는 태자 전하의 명을 받았습니다. 대군께서 저를 내치지 않으신다면 어디든 함께할 것입니다.”

“나 때문이 아니라 태자의 명 때문이라는 건가?”

“꼭 그것만은 아닙니다.”

이환은 실소를 머금었다.

“보고할 건 뭐지?”

“조나라의 태자가 실각했다고 합니다. 제위를 두고 다퉜던 서남왕이 황궁과 황도를 장악한 모양입니다.”

“그쪽도 제법 혼란스럽겠군.”

“서남왕이라는 자가 매우 호전적인 성향을 지녔습니다. 문제는 그가 우리 연나라에 반감이 매우 크다는 사실입니다. 해서 드리는 말씀인데, 어쩌면 남부군단이 다시 전화에 휩싸일 가능성도 배제할 순 없을 것 같습니다.”

“계속해 봐.”

“서남왕이 진나라와 휴전협정을 맺고 칼날을 남부군단으로 돌릴 수도 있음을 유념하셔야 합니다.”

“그 말은 태자궁의 뜻을 수락하면 안 된다는 건가?”

“잠시 미루면 되지 않겠습니까?”

이환은 미간을 좁혔다.

고미의 예상대로 흘러간다면 남부군단은 지금껏 경험하지 못한 위기에 직면할 수 있을 것이다. 무릇 새롭게 권력을 쟁취한 자는 내부의 혼란을 잠재우기 위해 종종 전쟁을 수단으로 삼곤 한다.

조나라의 서남왕이 그러지 말라는 법은 없었다.

‘연나라에 반감이 큰 자가 조나라의 주인이 된다? 확실히 문제가 심각해질 수도 있겠군.’

이환은 발길을 돌렸다.

“그만 돌아가지.”

“예.”

돌아가는 길에 이환이 물었다.

“이제 내 능력을 의심하지 않는 건가?”

“대군의 능력을 의심한 적은 없습니다. 다만 정보와 너무 다르셔서 조금 혼란스러웠을 뿐입니다.”

고미의 솔직한 대답에 이환은 흐릿하게 웃었다.

"좋아. 월주의 뜻을 받아들이도록 하지."

"하면……."

"금군의 수장은 나중에 하는 걸로. 당장은 조나라 상황을 더 지켜봐야겠어."

고미의 두 눈이 이채를 발했다.

'이렇게 빨리 결정하신다고?'

"조금 더 숙고해 보심이 어떠하실는지요?"

"방금 미루면 좋겠다고 하지 않았나?"

"그렇지만 너무 빨리 결정하신 거 같아서……."

"월주의 예상을 믿는다. 해서 내린 결정이니 잘못되면 월주 책임도 있는 거다?"

"……."

"농담이다. 그만 가지."

태자 이소의 손에 한 장의 전서가 쥐였다. 이환이 보낸 것이었다.

"흠."

이소가 말없이 미간을 찡그리자 관지백이 조심스럽게 물었다.

"뭐라 하십니까?"

"조나라 사태 때문에 당분간은 남부군단을 떠날 수 없다는군. 우리 연나라에 반감이 큰 서남왕이 어떻게 나올지 우려하는 모양이야."

"역시 대단하십니다. 그 문제는 황궁에서도 촉각을 곤두세우고 지켜보는 상황이지 않습니까?"

"서남왕이 조나라와 휴전 협정을 맺는다면 다음 목표는 남부군단이 될 가능성이 매우 높다고 봐야겠지. 현재 양측이 가장 첨예하게 대립하고 있는 지역이니까. 아마 막내도 나와 같은 생각일 테고."

"그러니까 말입니다."

이소가 다시 미간을 찡그렸다.

"이러면 다른 사람을 금군의 수장 자리에 앉혀야 한다는 건데."

"아직 시간이 몇 개월 남았으니 기다려 보시지요."

"흠. 좌장군이 둘째와 절연하고 우리 쪽에 충성을 맹세했다고 해서 더는 남부군단은 신경 쓰지 않아도 될 거라 여겼거늘. 생각지도 않은 조나라가 또 발목을 잡는구나."

"대군께서도 자리를 비우시는 게 불안하셨나 봅니다. 그만큼 남부군단에 애정을 갖고 계신다는 방증이 아니겠습니까?"

"그래, 그럴 테지. 첫 부임지가 그곳이고 지금껏 그곳을 떠난 적이 없었으니까."

딸그락.

이소는 남은 차를 마저 비웠다.

그는 잠시 말문을 닫고 생각에 잠겼다. 그리고 얼마 지나지 않아 입을 열었다.

"할 수 없지. 본인의 뜻이 그러하다면 기다릴 수밖에."

이소의 얼굴에 아쉬움의 빛이 진하게 내려앉았다. 사실 그는 하루라도 빨리 이환을 불러들여 곁에서 그의 능력을 제대로 확인하고 싶었다.

"하북팽가는 어떻게 되어 가나?"

"좌장군 때문에 한동안은 혼란을 벗어날 수 없을 것입니다. 이때를 이용해 그들을 이황자와 절연하게 만들면 전하께 상당한 도움이 될 것입니다. 대군께서도 그리하라 하지 않으셨습니까?"

사실이었다.

며칠 전, 이환이 전서를 통해 그런 부분을 짚어 준 바가 있었다.

"팽가의 가주를 만나 봐야겠다. 저쪽이 눈치채지 못하게끔 은밀하게 자리를 만들어 보도록 해."

"알겠습니다."

관지백이 물러가자, 이소는 창문을 열었다. 저 멀리 깃발이 펄럭였지만, 이소의 거처는 구중궁궐에 둘러싸인 까닭에 바람 한 점 들이치지 않았다.

이소는 서남쪽 하늘을 바라봤다.

남부군단이 있는 방향이었다. 하늘 위로 이환의 무심한 얼굴이 떠올랐다.

문득 이소의 입가에 미소가 번져 갔다.

'어쩌면 그 아이는 내 예상보다 더 뛰어난 능력을 지녔을지도.'

이태지의 책사 문치용이 바닥에 이마를 찧었다.

쿵!

"죄송합니다! 저하!"

깨진 이마에서 흘러나온 피가 이내 바닥을 붉게 물들였다. 그런 문치용을 내려다보는 이태지의 두 눈은 싸늘함을 넘어 살기마저 아른거렸다.

"요즘 들어 네 능력의 한계를 드러내는 것 같군. 도대체 언제까지 봐줘야 하는 거지?"

"한 번만 더 기회를 주십시오! 하면 저하께서 바라시는 대로 되돌려 놓겠습니다!"

"어떻게! 무슨 수로!"

쾅!

탁자가 부서지면서 날아간 찻잔이 문치용의 머리를 강

타했다.

퍼석!

하지만 문치용은 인상조차 찡그리지 못했다.

"팽무위가 돌아섰다는 것은 하북팽가까지 돌아설 수 있음을 의미하는 것. 이 사실을 어마마마께 어떻게 설명할 거지?"

"제가 직접 남부군단으로 가겠습니다!"

"닥쳐!"

펄럭! 펄럭!

이태지의 노호성에 창을 가려 놓은 천이 심하게 펄럭거렸다. 실로 대단한 공력이었다.

"지금 당장 하북팽가로 달려가 그들이 돌아서지 못하게 막아. 무슨 수를 써서라도! 경고하는데, 이번마저 실패하면 지금까지의 실패까지 더해 네 목을 베어 버릴 것이다, 문치용."

"……!"

"빨리 나가지 않고 뭘 꾸물대는 거지?"

"알겠습니다. 바로 팽가로 달려가겠습니다."

문치용은 뒷걸음질로 이태지의 거처를 빠져나갔다. 한 걸음 걸을 때마다 이마에서 흘러내린 피가 바닥을 붉게 물들였다.

투둑! 투둑!

'설마 대군이 팽무위를 포섭한 건가? 아니면 감히 이황자를 저버리고 돌아설 만한 배짱조차 없는 작자인데.'

남부군단의 누군가가 보낸 전서에 상황이 자세히 적혀 있었다.

팽무위가 이환을 적극적으로 도왔으며 문치용이 보낸 직속들과 그들을 돕고자 했던 금의위위 위사들이 모두 처형당했다고.

더불어 일이 너무 빨리 진행되는 바람에 자신들이 나설 기회조차 없었다는 말도 적혀 있었다.

'팽무위가 아니라면 대군이 직접 이 상황을 진두지휘했다는 건데.'

문치용은 그 점을 불신했다.

이환이 실력을 숨겨 왔다는 건 보고를 통해 알고 있었지만 완벽하게 짜인 자신의 계획을 무너뜨릴 정도는 아니라고 봤었다.

지금도 그 생각에 변함은 없었다.

결국 화살은 이환의 호위들을 향했다.

'태자궁에서 우리를 방해하기 위해 대군에게 붙여 준 자들일 가능성이 높다. 그들의 정체부터 파악해야 하는데…….'

꽈악!

문치용은 입술을 깨물었다.

당장은 하북팽가로 달려가서 그들마저 돌아서는 것을

막아야 했다.

'하북팽가를 해결하면 내가 직접 남부군단으로 가 볼 수밖에.'

조, 진 두 나라의 흐름이 바뀐 것은 유령곡주가 본격적으로 전투에 나서면서였다.

그는 철저히 진나라의 무림인들만 골라서 죽였고, 그 와중에 절정 이상의 고수만 열 명이 넘게 그의 손에 쓰러졌다.

진나라로서는 치명적인 타격이 아닐 수 없었다.

그로 인해 진나라는 적수 이남까지 퇴각했고, 기세를 탄 조나라는 더욱더 맹공을 퍼부으며 전선을 진나라 쪽 영토로 밀어내고 있었다.

오늘도 두 나라는 적수 이남의 협곡에서 혈전을 벌이는 중이었다.

"후욱!"

남궁장천의 입술을 뚫고 뜨거운 숨이 흘러나왔다. 늘어뜨린 검에서 피어오른 피안개가 그의 얼굴을 가리며 흩날렸다.

"대공자! 더는 무리이니 속히 물러가야 합니다!"

"후방에서 적이 더 밀려오고 있습니다!"

전장의 최전선에서 고군분투했던 남궁세가의 무사들이 퇴각을 외치고 있었다.

하지만 남궁장천은 선뜻 전장을 떠나지 못했다. 그는 전장의 한복판에서 칼춤을 추고 있는 유령곡주를 응시했다.

까가강!

"으악!"

"크아악!"

미처 빠져나오지 못한 무사들이 그와 마인들에 의해 무참히 죽어 나가고 있었다.

'유령곡주…….'

남궁장천의 두 눈이 분노의 빛으로 일렁거렸다.

하지만 그의 머리는 얼음보다 더 차가웠다.

"퇴각하세요."

삐이익!

퇴각을 알리는 호각성이 울리자, 진나라군이 물러서기 시작했다.

남궁장천은 물러서면서 여전히 유령곡주에게서 눈을 떼지 못했다.

그때 유령곡주가 이쪽을 쳐다보았다. 둘의 시선이 허공을 격하고 얽혀 들었다.

"원한다면 다시 붙어 주마, 애송이."

나지막이 속삭인 듯한 유령곡주의 목소리가 남궁장천의

귓속을 비수처럼 파고들었다.

바르르…….

남궁장천은 웃었다. 하지만 눈가에서 일어난 경련이 얼굴 전체로 퍼져 나갔다.

"당신들 기세가 워낙에 사나우니 오늘은 여기까지 하는 걸로 하죠."

"꼬리를 말고 내빼는 것이 오늘로 세 번째인가? 후후후."

"……!"

남궁장천은 시선을 돌렸다.

그 순간 웃음기는 사라지고 두 눈에서 살광이 일었다.

유령곡주는 그런 남궁장천의 뒷모습을 응시하며 눈빛을 가라앉혔다.

'이대로 십 년만 지나면 천하에 저 애송이를 감당할 자가 몇이나 될까?'

지금껏 아군을 상대로 보여 준 남궁장천의 무력은 가히 놀라운 수준이었다. 더 놀라운 건, 유령곡주 본인도 저 나이에 저 정도의 경지까지 오르지 못했다는 점이었다.

하지만 유령곡주가 가장 높게 평가하는 부분은 이런 상황에서 퇴각을 결정하는 남궁장천의 냉철함이었다.

'그때 죽였어야 했나?'

휘리릭!

마인들이 다가왔다.

"어떻게 되었느냐?"

"오늘도 적진에 탈혼기를 쓰는 자는 없었습니다."

"놈들을 전장으로 끌어내려고 일부러 예정에도 없던 공격에 나섰는데, 며칠째 코빼기도 찾지 못하다니."

"한데 곡주, 휴전을 할 거라는 소문이 돌고 있습니다."

"뭐라?"

"태자가 실각하고 서남왕이 전권을 장악했는데, 서남왕이 진나라와의 휴전을 원한다고 합니다. 이미 총사 쪽에서도 그런 기류를 간파하고 움직이기 시작한 것 같습니다."

"하필이면 이런 때에……."

유령곡주는 당혹스러웠다.

이전이었다면 휴전을 크게 반겼을 것이다. 휴전하면 곧장 연나라로 넘어가 탈혼기를 전수하고 다녔다는 낭인을 찾아 움직였을 테니까.

하지만 지금은 상황이 달라졌다.

이 전장에서 탈혼기를 쓰는 자들이 발견되었으니 굳이 연나라로 넘어갈 이유가 없었다.

그때였다.

"곡주!"

뒤에서 장수 한 명이 다가왔다.

그가 곧장 준엄한 어조로 말했다.

"즉각 병력을 십 리 밖까지 물리라는 총사의 명이오."

'휴전할 거라는 소문이 사실이란 말인가?'

아무리 그렇다고 해도 이해할 수 없는 명령이었다. 전세를 회복하고 다시 밀어붙이고 있는 시점에서 십 리 밖까지 병력을 물리라니.

"진정 총사의 명이었소?"

"내가 왜 거짓말을 하겠소. 어서 명에 따르시오!"

"알겠소."

유령곡주는 참혹한 전장 너머를 응시하며 남궁장천을 찾았다. 하지만 그는 이미 사라지고 없었다.

'놈을 살려 둔 게 실수가 아니기를…….'

진나라 군영.

풍덩!

남궁장천은 적수에 뛰어들어 뜨겁게 달궈진 몸과 마음을 식혔다.

그는 물속에서 몸을 부표처럼 띄운 채 멍하니 하늘을 바라봤다.

'철저히 농락당하다니…….'

파르르…….

흔들리는 눈빛의 이면에 분노가 담겼다. 유령곡주가 아

닌 자신을 향한 분노였다.

'하늘 높은 줄 모르고 기고만장하더니 꼴좋구나, 남궁장천.'

피식.

처음이었다.

이런 무력감과 패배감은. 도저히 극복할 수 없다는 생각에 사로잡혔을 땐, 절망감마저 들었다.

'빌어먹을…….'

"저기 계십니다."

남궁세가의 무사가 물 위에 떠 있는 남궁장천을 가리켰다.

한 백포 청년이 남궁장천을 응시했다. 남궁장천만큼이나 절륜한 용모에 비범한 분위기를 풍기는 그가 슬며시 미간을 좁혔다.

"수고했으니 그만 가 보시오."

"예. 하면."

무사가 물러가자, 백포인은 기슭의 나무에 팔짱을 끼고 비스듬히 몸을 기댔다.

"언제까지 그러고 있을 거지?"

백포 청년의 한마디에 남궁장천이 고개를 들었다. 당연

히 몸이 물속으로 가라앉아야 하건만, 수면 위에는 미세한 파동조차 일어나지 않았다.

백포 청년을 바라보는 남궁장천의 눈동자에 이채가 떠올랐다.

"여긴 왜 왔지?"

"전장에 왜 왔을까?"

백포 청년이 흐릿하게 웃으며 한마디 더 했다.

"대충 씻었으면 그만 나오지그래."

좌악!

남궁장천이 그대로 허공으로 솟구쳐 오르더니 백포 청년의 옆으로 떨어져 내렸다. 떨어져 내리는 순간 그의 전신에서 수증기가 하얗게 피어올랐다.

공력을 이용해 물기를 제거한 것이다.

남궁장천이 물었다.

"너희 가문도 참전한 거야?"

"그래. 그렇게 됐다. 그런데……."

백포 청년이 미간을 좁히며 말끝을 흐리더니 남궁장천을 놀라게 만드는 말을 꺼냈다.

"휴전 얘기가 오가더군. 아직 검 한번 뽑아 보지도 못했는데 말이야."

"뭐? 휴전?"

"이런, 아직 아무 얘기도 듣지 못했나 보군."

"자세히 말해 봐. 누가 휴전을 언급했단 말이야?"

흥분한 모습을 보이는 남궁장천이었다.

"나도 자세히는 몰라. 다만 조나라의 서남왕이 태자를 밀어내고 전권을 장악했는데, 그가 휴전을 원하는 모양이더라고."

"총사는 만나 봤어?"

"내가 그 양반을 왜 만나. 보기만 해도 짜증 나는데. 지금 어른들끼리 대화 중이니 곧 결론이 나겠지. 그나저나 괜찮은 거냐?"

"군영에서 보자."

팡!

남궁장천이 그대로 땅을 박차고 뛰어올라서는 군영이 있는 곳으로 날아갔다.

백포 청년은 그 모습을 보며 피식 웃었다.

"저렇게 흥분하는 것을 보니 유령곡주에게 호되게 당했다는 말이 진짜였군."

웃을 때 살짝 드러나는 덧니가 매우 매력적인 백포 청년.

그는 남궁장천만큼이나 주목받고 있는 단리세가의 대공자 단리목이었다. 남궁장천과는 둘도 없는 친구이자 경쟁자이기도 했다.

"제법 자존심에 상처가 낫겠어. 후후후."

휴전은 사흘 뒤에 성사되었다.

피 흘리며 싸운 양측의 무사들이 강력하게 반대했지만 소용없었다.

두 나라는 충돌 이전의 상황으로 돌아갔고, 참전했던 무림인들도 모두 떠났다.

소식은 이환의 귀에도 들어갔다.

"휴전협정이 체결되었다고 합니다. 향후 물리적 충돌을 금한다는 조항까지 들어갔다고 합니다."

"그런 조항이야 언제든 깰 수 있는 거지."

고미의 보고를 받는 이환은 담담했다.

어느 정도 예상했던 터라 딱히 놀랄 것도 아니었다. 다만 아쉬운 건 어쩔 수 없었다.

'꼼짝없이 이곳에 남게 생겼군.'

딸그락.

이환은 찻잔을 내려놓고 일어섰다.

"부장."

"예, 대군."

"장수들을 소집해. 장소는 사령실. 회의는 내가 주재한다."

"알겠습니다."

송회가 황급히 뛰어나갔다.

잠시 후 이환은 사령실로 향했다.

군영 곳곳에서 공사가 벌어지고 있었다. 조나라의 공격에 대비해 방어진지를 보강하고 새롭게 구축하라 명령을 내려놓은 상태였다.

철무옥이 이환의 뒤를 따르며 물었다.

"우리 쪽도 미리 무림인을 보강해 둬야 하지 않겠습니까?"

"그건 태자궁에서 결정할 문제다. 상황을 모르지 않을 테니 곧 무슨 조치가 이뤄지겠지."

주태가 물었다.

"저희 일맥이라도 먼저 불러들일까요?"

"서두를 거 없다. 조나라군에 무림인들이 합류하는 정도를 지켜본 다음에 결정해도 충분해."

"예."

"너희 둘은 용호군 훈련이나 도와주도록 해. 검진 훈련에 특히 신경 써야 할 거야. 실전에서 가장 많이 쓰이게 될 테니까."

"알겠습니다."

철무옥과 주태는 곧장 용호군의 훈련장으로 뛰어갔다.

이환은 사령실로 향하며 지그시 눈빛을 가라앉혔다.

'금군의 수장이 되려면 나에 대한 세간의 평가를 바꿔 놓아야 한다. 아니면 부임하기도 전에 소란에 휩싸일 수 있다. 태자궁의 입장도 난처해질 수 있고.'

이환은 이미 생각해 둔 바가 있었다.

금군의 수장을 맡기로 결심했으니 기왕에 할 거면 제대로 하고 싶었다.

이환은 고미에게 물었다.

"조정의 대신들도 내가 금군의 수장이 되는 것을 탐탁지 않아 하겠지?"

"소문으로만 대군을 평가하는 대신들은 그럴 것 같습니다. 이황자 쪽은 말할 것도 없고 말입니다."

"이러면 오히려 조나라가 공격하기를 바라야 하나? 나에 대한 평가를 불식시키려면 놈들과의 전쟁에서 실력을 보여 줄 수밖에 없으니까."

"……."

"월주는 지금부터 모든 정보력을 조나라군 감시에 투입하도록 해. 특히 그쪽에 합류하는 무림인들은 더더욱 신경 써야 할 거다."

"알겠습니다."

"가서 쉬어. 사령실은 나 혼자 갈 테니까."

이환은 홀로 사령실로 향했다.

그런 이환의 뒷모습을 응시하는 고미의 눈빛이 묘했다.

'조나라군이 쳐들어오는 것쯤은 신경조차 쓰지 않고 계신다.'

휴전을 누구보다 반대했던 남궁장천.

하지만 결국 휴전은 성사되었고 전쟁은 막을 내렸다. 그로서는 결코 받아들일 수 없는 일이었다.

그래서일까?

닷새가 지났음에도 그는 여전히 귀주를 떠나지 않고 있었다.

쪼르륵!

탁!

"웃기지 않아? 얼마나 많은 무사가 희생당했는지 알면서 조나라가 원한다고 넙죽 휴전을 받아들이다니 말이야."

좀처럼 술을 마시지 않는 남궁장천이 손에서 술잔을 놓지 않았다. 맞은편에 앉은 단리목이 심드렁한 표정으로 말을 받았다.

"어쩌겠어. 윗분들이 내린 결정이니 따를 수밖에. 그러니 그만 받아들여."

"황제의 뜻인가?"

"당연하지. 폐하가 아니면 누가 감히 휴전을 결정할 수 있겠냐."

"흥!"

남궁장천이 콧방귀를 끼며 술잔을 비웠다. 단리목이 묵묵히 빈 잔에 술을 채워 주었다.

쪼르륵.

"소문에 조나라 서남왕이 연나라의 남부군단을 공격할 거라고 하더라. 오랫동안 서로 치고받았던 곳인데, 귀주에서 우리와 일이 터지고 난 직후 병력을 중립 지대 밖으로 퇴각시키는 수모를 당했다고 하더군. 연나라에서 우리와의 충돌을 이용해서 한 건 제대로 해치운 셈이지."

"믿을 만한 소문이야?"

"조나라 서남왕이 오래전부터 연나라를 극도로 증오했다는 건 자네도 알잖아. 그런 작자가 이제 전권을 잡았으니 당연히 어떤 식으로든 움직이려 할 테지. 남부군단은 가장 확실한 명분이 있는 곳이기도 하고."

"그럼 이곳으로 왔던 조나라의 무림인들이 그곳으로 갈 수도 있겠군."

"매우 높은 확률로 그렇다고 봐야지. 칼에 피를 묻힌 자들을 두고 새로운 자들을 보낸다는 건 비효율적일 테니까. 게다가 여기 참전했던 조나라 쪽 무림인들이 꽤 강했잖아."

이때부터였다.

남궁장천의 눈빛이 묘하게 바뀐 것은. 다만 단리목은 미처 그 점을 눈치채지 못했다.

"이제 슬슬 귀향해야지?"

"너나 돌아가. 난 가 볼 곳이 있어."

"가 볼 곳? 어딘데?"

"몰라도 돼."

남궁장천이 자리를 털고 일어섰다.

밖으로 나선 그는 곧장 군영의 정보실로 향했다. 단리목이 곁을 따르며 물었다.

"정보실은 왜 가는 거지?"

"알아볼 게 있어서."

잠시 후 정보실로 들어선 남궁장천은 곧장 수장에게 물었다.

"조나라군의 이동 상황은 파악되었나요?"

"현재까지 파악된 정보에 의하면 절반의 병력만 남겨 두고 대부분 북쪽으로 이동 중입니다."

"혹시 목적지가 연나라의 남부군단인가요?"

"현재까지의 동선을 보면 그럴 확률이 매우 높아 보입니다. 아! 무림인들도 함께 이동 중임을 확인했습니다."

순간 남궁장천의 두 눈이 빛을 발했다.

"유령곡과 황보세가 모두 말인가요?"

"예, 그렇습니다. 한데 그건 왜 궁금해하시는 겁니까?"

"아닙니다. 그럼 수고하세요."

남궁장천은 곧장 밖으로 나섰다.

단리목이 곁을 따르며 슬며시 미간을 좁혔다.

"내 예상이 틀리길 바란다."

"무슨 예상을 했는데?"

"아까 가 본다는 곳이 혹시 연나라의 남부군단은 아니겠지?"

"맞아, 거기야."

단리목이 두 눈을 살짝 치떴다.

"유령곡주 때문인가?"

"여기까지만 해."

"……."

이날 저녁.

남궁장천은 홀로 군영을 떠났다. 단리목은 남궁장천이 연나라의 남부군단으로 간다는 사실을 누구에게도 말하지 않았다.

**친구면 비밀로 해 줘.**

남궁장천이 떠나기 전에 한 부탁 때문이었다.

태자궁.

관지백이 이른 아침에 이소를 찾아왔다.

"대군께서 전서를 보내오셨습니다."

이소는 즉각 전서를 펼쳤다.

내용은 지극히 간단명료했다.

**당분간 남부군단의 지휘권은 내가 갖겠습니다. 조정에 이를 알리고 이후에 일어날 문제는 알아서 처리해 주면 고맙겠습니다.**

"후후후."

이소의 입가에 미소가 떠올랐다.

"좋은 소식입니까?"

이소는 대답 대신 전서를 건넸다. 전서의 내용을 확인한 관지백이 놀란 표정을 지었다.

"이건 또 무슨 의미일까요?"

"금군의 수장을 맡겠다는 뜻이 아니겠느냐."

"예?"

관지백이 이해할 수 없다는 표정을 지었다. 이소가 웃으며 말을 이었다.

"조정에 알리라는 것은 곧 나를 주목하라, 이런 뜻이 아니겠느냐? 그만큼 조나라의 공격을 막아 낼 자신이 있다는 것이고, 이후에 금군의 수장에 올랐을 때 소문으로만 자신을 평가하고 반대하는 자들을 불식시키려는 의도라고 봐야겠지."

'그런 뜻이?'

관지백은 매우 놀랐다.

이환의 무한한 자신감도 놀랍지만, 달랑 두 개의 문장으로 이환의 뜻을 간파한 이소도 놀라웠다.

"하하하!"

이소가 갑자기 대소를 터트렸다.

"막내가 갈수록 나를 놀라게 만드는구나."

관지백은 불안했다.

이환을 믿지만 만에 하나 실패할 경우에 불어닥칠 후폭풍은 절대 만만치 않으리라.

잘못하면 이소까지 다칠 위험이 있었다. 그걸 모를 리 없는 이소가 저렇게 대소를 터트리고 있으니.

'전하께서는 이제 대군을 완벽하게 신뢰하시는구나.'

이소가 대소를 그치고 관지백을 직시하며 말을 이었다.

"승상부에 가서 전하거라. 내일 조례에 참석할 것이라고."

"정말 괜찮겠습니까?"

"내가 다칠까 불안한 것이냐?"

"솔직히 그렇습니다."

"믿어라."

"당연히 전하를 믿습니다만."

"아니, 막내를 믿으란 말이다. 그동안 너도 보지 않았느냐? 그 아이의 뛰어난 능력을. 하면 의심하지 말고 믿어라."

"……."

그때였다.

"전하, 팽가에서 사람이 도착했습니다."

"들여라!"

잠시 후 문이 열리고 장대한 체격을 자랑하는 노인이 들어섰다.

하북팽가의 당대 가주 팽문(彭問)이었다. 대도 한 자루로 하북을 평정한 절대고수이지만, 대외적으로 나서는 것을 좋아하지 않아 황궁에는 알려진 바가 거의 없는 인물이었다.

"소인 팽문이 전하를 뵈옵니다."

팽문이 절을 했다.

"그대가 팽가의 수장이오?"

"예, 전하."

"앉으시오."

"차를 준비하겠습니다."

관지백이 나가고 이소가 곧장 물었다.

"이황자 쪽에서는 아무 말이 없었소?"

"소인이 세가를 떠날 때까지는 아무 기별도 없었습니다."

이소는 팽문을 잠시 응시했다.

호목(虎目)에 각진 턱, 그리고 불끈 솟아오른 태양혈은 전형적인 무골(武骨)의 상이었다. 거기에 위명까지 더해지니 호감이 가는 건 당연했다.

"좌장군 사태를 두고 따로 논의한 적은 있소?"

"……."

팽문이 즉답을 하지 않았다.

고뇌가 어리는 두 눈은 작금의 사태가 팽가에 얼마나 심각한 사안인지를 말하고 있었다.

관지백이 들어서며 준엄한 어조로 말했다.

"전하께서 하문하셨소. 속히 답하시오."

팽문이 지그시 입술을 깨물고는 입을 열었다.

"한낱 무가로서 이 사태를 어떻게 받아들여야 할지, 감히 엄두가 나질 않습니다. 해서 감히 여쭙고자 합니다."

"말하시오."

"저희 가문이 좌장군과 뜻을 같이한다면, 저희를 지켜주실 수 있겠는지요."

"감히!"

관지백이 나서려는 것을 이소가 말렸다. 그리고는 담담히 말했다.

"최선을 다하리라는 약속은 할 수 있소."

팽문이 고개를 들어 이소를 응시했다. 두 눈동자에 결기가 가득했다.

"하면 저희가 어찌하면 될지 인도해 주십시오."

"솔직히 나는 팽가를 믿지 못하오."

"……!"

"해서 한 가지 제안을 할까, 싶은데."

이소가 잠시 뜸을 들였다가 말을 이었다.

"남부군단으로 가시오. 가서 내 아우와 좌장군을 도우시오. 그곳에서 당신들이 진정성을 보여 준다면 내 약속하리다. 당신들이 내 손을 먼저 놓지 않는 한, 내가 팽가를 내치는 일은 절대 없다는 것을."

남부군단의 하늘이 시커멓게 변해 갔다. 뒤이어 천둥 벼락이 치고 빗줄기가 떨어지기 시작했다.

쏴아아!

산중의 날씨가 항상 그러하듯 비가 오면 거센 바람이 동반되기 마련, 이에 군단의 무사들은 침수에 대비하여 분주하게 움직였다.

이환은 사령실에서 팽무위, 정천과 마주 앉아 차를 마셨다.

정천이 무거운 표정으로 말했다.

“조나라의 움직임이 심상치 않습니다. 협정으로 인해 비워 두었던 군영으로 속속 병력이 집결하고 있습니다.”

“빌어먹을 새끼들이 협정을 맺은 지가 얼마나 지났다고!”

팽무위가 으르렁거렸다.

이환은 담담히 말했다.

“원래 협정이라는 게 한쪽이 변심하면 종잇조각에 불과한 법이오. 그걸 절대적으로 믿는 쪽이 미련한 거지.”

정천이 말을 받았다.

“조나라의 서남왕은 잔혹하기로 소문이 자자한 자입니다. 그런 자가 오래전부터 우리 연나라에 앙심을 품고 있었습니다. 어쩌면 지금껏 경험하지 못한 최악을 맞게 될 수도 있습니다.”

“두렵소?”

“소장은 대군이 걱정될 뿐입니다. 만에 하나 패전을 하게 된다면 그 책임은 오직 대군의 몫이 될 것입니다. 하니 지휘권을…….”

이환이 말을 잘랐다.

“이기면 될 거 아니오?”

“…….”

“자신 없소?”

“아닙니다!”

이환은 팽무위를 돌아보며 같은 질문을 던졌다.

“자신 없소?”

“소장은 대군만 믿고 따를 것입니다!”

이럴 땐 팽무위의 우직함이 더 믿음직스러웠다. 그때였다.

부장 송회가 들어섰다.

“태자궁에서 전서를 보내오셨습니다.”

이환은 즉각 전서를 펼쳤다.

전서를 읽어 가면서 점점 입가에 미소가 흐릿하게 맺히자, 정천이 물었다.

“좋은 소식입니까?”

“하북팽가가 우리를 도우러 온다는군.”

그 말에 팽무위가 두 눈을 한껏 치떴다.

“도우러…… 온단 말입니까?”

“직접 읽어 보시오.”

이환은 전서를 팽무위에게 건넸다. 전서를 확인한 팽무위가 눈시울을 붉혔다.

“고집불통 영감탱이가 어쩐 일로.”

가슴이 벅차오른 것일까? 이내 뺨을 타고 눈물이 주르륵 흘러내렸다. 사실 그는 팽가가 자신을 파문하지 않을까, 노심초사하고 있었다.

“잠시 뒷간에 다녀오겠습니다.”

팽무위가 벌떡 일어서서는 밖으로 나섰다. 뒤이어 호랑

이가 울부짖는 것 같은 울음소리가 벽을 뚫고 흘러들었다.

"으허헝!"

"팽가가 제대로 된 선택을 해서 다행입니다. 사실 총사도 크게 걱정하고 있었는데 말입니다. 혹시 이것도 대군께서 하신 일입니까?"

"난 그저 조언만 해 줬을 뿐이오."

이환은 차를 한 모금 마시고 의자에 몸을 기댔다.

"팽가가 와 준다니 더 이상 무림인 보강은 고민하지 않아도 될 것 같소. 가문의 사활이 걸린 상황이니 누구보다 열심히 싸워 줄 거요."

"그렇습니다. 소장도 이제야 마음이 놓입니다. 다만 조나라 쪽에 어느 정도의 무림인들이 합류할지 모르는 상황이라, 그게 걱정입니다."

이환은 여전히 무거운 정천의 얼굴을 직시했다.

"정 장군."

"예, 대군."

"여기 남부군단은 황 총사가 모든 것을 바쳐 지켜 온 곳이오. 이곳이 적에게 넘어가는 일은 없소. 또한 일전에 공언했던 대로 이황자 쪽도 더는 마수를 뻗치지 못하게 내가 막을 것이오."

바르르…….

황호가 언급되자 정천의 눈가가 살짝 경련을 일으켰다.

그는 여전히 황호를 잃은 슬픔에서 완전히 자유롭지 못한 상태였다.

꽈악!

"소장도 목숨을 바쳐 대군을 보필하겠습니다. 부디 남부 군단을 지켜 주십시오."

그때였다.

"대군, 접니다."

밖에서 고미의 목소리가 흘러들었다.

"들어와."

고미가 문을 열고 들어섰다. 뒤를 따라 들어선 팽무위가 눈가를 훔치며 정천의 옆에 앉았다. 팽무위를 힐끗 쳐다본 고미가 이내 입을 열었다.

"귀주 전투에 참전했던 조나라의 무림인 대부분이 조나라 군영에 합류할 것 같습니다."

"유령곡도?"

"예. 조나라 군영에서 하루 떨어진 곳에 있는 도시에서 그들이 조나라군과 함께 이동하는 것을 포착하였습니다. 그리고 감숙 지방에서 십만에 육박하는 대군이 올라오고 있음이 확인되었습니다."

고미의 보고에 정천과 팽무위의 얼굴이 딱딱하게 굳어졌다.

하지만 이환은 담담했다.

"휴전까지 해 가면서 우리를 노린다면 당연히 그 정도는 되어야지."

이환은 자리를 털고 일어섰다.

"아직은 시간이 있으니 두 분은 집단전 훈련에 전력을 다하도록 하시오."

"예, 대군!"

"알겠습니다, 대군!"

이환은 고미와 함께 밖으로 나섰다.

거처를 향하는 길에 고미가 조심스럽게 물었다.

"전력 보강은 생각하지 않으십니까?"

"공격하는 쪽은 조나라야. 우린 방어만 하면 되니 현재의 전력만으로 충분해."

'그래도 확실하게 해 두는 게 좋지 않겠습니까?'

고미는 이 말이 목구멍까지 올라왔지만, 입 밖으로 꺼내지는 못했다.

'보고를 들으시고도 이렇게 태연자약할 수 있다니. 대체 무엇을 믿고 계신 걸까?'

물론 허세일 수도 있었다. 하지만 고미는 이환이 허세를 부린다는 생각은 추호도 하지 않았다.

## 6장
# 팽문의 불안감

감숙성 동부 서화(西和).

연나라와 머리를 맞댄 그곳이 조나라군의 본영이었다. 연나라와 수년에 걸쳐 치열하게 싸워 왔던 중립 지대에서 백 리 떨어진 곳이었다.

그곳으로 대군이 밀려들기 시작했다.

귀주 전투 때문에 군영을 떠났던 병력을 시작으로 감숙성 북부에 주둔했던 병력까지, 도합 십오만이 넘는 대군이었다.

그중에는 유령곡과 황보세가도 있었다.

"엄청나군."

황보태진은 광활한 군영을 바라보며 감탄을 금치 못했다. 이십 장 높이의 거대한 성곽부터 시작하여 곳곳에 우뚝 솟아오른 망루까지.

그야말로 철옹성을 방불케 했다.

"이러다가 전면전이 벌어지는 건 아닌지 모르겠습니다."

측근의 말에 황보태진은 고개를 저었다.

"서남왕은 그저 만천하에 자신의 힘을 과시하기 위해 병력을 움직였을 뿐. 결코 전면전으로 가지는 않을 것이다."

"어떻게 확신하십니까?"

"비록 태자를 밀어냈지만, 아직 권좌에 오르지는 못했다. 섣불리 전면전을 일으켰다가 잘못되면 태자를 추종하는 세력들에게 다시 덜미를 잡힐 수도 있을 테니까. 서남왕이 과연 그걸 모를까?"

"하면 전면전은 걱정하지 않아도 되겠군요."

"우리에게도 전면전은 절대 일어나면 안 되는 최악의 상황이지. 여기서 전면전이 시작되면 조나라의 그 많은 무림 세력 중에 우리만 독박을 쓰는 꼴이 아니겠느냐."

"그렇습니다."

황보태진은 주변을 살폈다. 그러다가 군영 좌측으로 이동하는 유령곡의 마인들을 발견하고는 미간을 좁혔다. 유령곡주의 뒷모습에 고정된 그의 두 눈이 섬뜩한 빛을 발했다.

'남궁장천, 그 애송이를 충분히 죽일 수 있었음에도 살려 준 이유를 해명해야 할 것이다.'

그는 알고 있었다.

유령곡주가 남궁세가와의 전투에서 최선을 다하지 않았

다는 것을.

물론 아닐 수도 있겠지만 그는 그렇게 확신하고 있었다.

그때 황보세가의 무사 한 명이 달려왔다.

“가주! 우리는 저곳을 쓰면 된다고 합니다!”

무사가 군영의 우측을 가리켰다.

다른 곳에 비해 유난히 크고 깨끗한 막사가 보기 좋게 늘어서 있었다.

황보태진의 입가에 흡족한 미소가 떠올랐다.

“우리 세가가 이 정도 대우는 받을 자격이 있지.”

조나라의 군영이 한눈에 내려다보이는 산의 정상. 그곳에 한 사내가 바람에 몸을 맡긴 채 서 있었다. 적수에서부터 조나라군을 따라온 남궁장천이었다. 그는 광활하기 짝이 없는 조나라 군영을 내려다보며 눈빛을 가라앉혔다.

‘진나라의 군영과는 규모부터가 다르구나. 역시 조나라가 삼국 중 군비에 가장 많은 돈을 쏟아붓는다는 말이 사실이었어.’

말이 군영이지 어지간한 도시에 버금가는 규모였다. 특히 강을 끼고 병풍처럼 둘러 세워진 성곽은 보는 것만으로도 숨이 턱턱 막힐 지경이었다.

'갑자기 갈증이…….'

벌컥벌컥!

남궁장천은 물주머니를 꺼내어 목을 축였다. 그러고는 서북쪽으로 시선을 던졌다. 그의 시선이 닿은 곳에 녹음이 우거진 산악 지대가 끝없이 펼쳐져 있었다.

그곳을 넘어가면 중립 지대가 있고, 그 너머부터 연나라의 영토가 시작된다.

'연나라의 남부군단에 유령곡주나 황보태진을 감당할 고수가 과연 있을까? 없다면 일방적으로 밀릴 수밖에 없을 텐데.'

남궁장천은 다시 조나라 군영을 바라봤다.

마침 서쪽에서부터 군영으로 들어서는 병력이 있었다. 끝이 보이지 않을 만큼 엄청난 병력에 남궁장천은 나지막이 숨을 골랐다.

'서남왕이 단단히 작정했구나. 이러면 연나라의 남부군단이 위험한데…….'

남부군단.

방어 태세를 갖추느라 여념이 없는 그곳으로 백여 명의 거한들이 들어섰다.

하북팽가의 무사들이었다.

가주 팽문이 선두에서 그들을 이끌었다.

가장 먼저 그들을 맞은 이는 팽무위였다. 그는 세가의 무사들이 입영했다는 말을 듣기가 무섭게 부장과 함께 달려왔다.

팽문이 걸음을 멈추고 뛰어오는 팽무위를 바라봤다. 반가움보다는 실망스러움이 더 많이 담긴 그런 눈빛이었다.

"오셨습니까, 가주."

좌장군이자 남부군단의 총사이지만, 가문의 수장 앞에서는 팽무위도 머리를 숙일 수밖에 없었다. 수백 년을 이어 온 무림세가의 법도는 그만큼 대단했다.

"어찌하여 내게 먼저 알리지 않았는가? 세가의 명운이 걸린 일을 내가 다른 사람을 통해 알아서야 되겠는가?"

"당시 상황이 여의찮았습니다. 죄송합니다."

팽무위는 미안함에 고개를 들지 못했다. 팽문이 그런 팽무위를 말없이 쳐다보다가 나지막이 한숨을 내쉬었다.

"마음고생이 꽤 심했겠군."

"……아닙니다."

"뭐가 아니야. 그 얼굴에 다 쓰여 있는데. 어쨌든 무사해서 다행이네."

"……."

팽무위의 두 눈이 금방 붉어지더니 눈물을 쏟았다. 팽문이 그의 어깨에 손을 얹었다.

"이곳에 오기 전에 태자 전하를 뵈었네. 그 자리에서 태자 전하와 운명을 함께하기로 맹세했네. 이제 자네가 우리를 잘 이끌어야 할 걸세."

"염려 마십시오. 이곳에 대군이 계십니다. 제가 아니라 그분만 믿고 따르면 아무 일 없을 겁니다! 어서 대군께 인사드리러 가시지요."

팽문은 팽무위와 함께 걸으며 이환에 관해 물었다.

"이전까지는 아주 형편없는 분이라는 소문이 돌았는데, 태자 전하께서 그분을 금군의 수장에 임명하려 한다는 말을 들었네. 자네가 본 대군은 어떤 분이신가? 정말 믿고 따라도 될 만한 분인가?"

씨익!

팽무위가 눈물을 훔치며 특유의 웃음을 지었다.

"곧 알게 되실 겁니다. 흐흐흐."

"소인 팽문이 대군을 뵙습니다."

"어서 오시오, 가주."

이환은 머리를 조아리는 팽문을 보며 내심 감탄했다. 보고 있자니 마치 거대한 장벽이 눈앞에 서 있는 기분이었다.

자신의 시대에서도 팽가의 가주는 이러했었다.

팽무위가 자랑하듯 말했다.

"저희 팽가가 낳은 불세출의 고수이십니다! 앞으로 적진에 성가신 놈이 있으면 저희 가주께서 다 알아서 처치해 주실 겁니다!"

"기대하겠소."

잠시 후 차가 들어오고 대화가 시작되었다.

이런저런 대화를 나누면서 팽문이 이환에게 느낀 점은 불안함이었다.

'특별하다거나 비범함이라고는 전혀 느껴지지 않는다. 한데 좌장군은 어째서 대군을 그토록 칭송했단 말인가?'

고수의 가장 특별한 점은 사람을 보는 안목이었다. 어지간한 사람은 특유의 기도만으로 그릇의 크기를 가늠할 수 있었다.

하지만 이환에게서는 인정할 만한 뭔가가 조금도 느껴지지 않았다. 오히려 대군이라는 신분에 어울리지 않는 가벼운 어조와 분위기는 불안감을 넘어 실망스러울 정도였다.

오히려 팽문의 관심을 끈 이들은 이환의 호위라고 소개받은 철무옥과 주태였다.

'마치 폭발 직전의 태풍 같은 자들이다.'

그때 이환이 불쑥 물었다.

"혹시 대야성이 멸망한 이유를 아시오?"

"송구하오나 그들의 멸망에 대해서는 알려진 바가 없어서……."

이환은 실망했다. 팽가의 가주면 알 수도 있지 않을까 하는 기대감에서 한 질문이었다.

팽문이 물었다.

"대야성을 아십니까?"

"아, 그냥 어쩌다가."

"무림의 역사에 관심이 많으신가 봅니다. 대야성은 무림인들도 잘 모르는 곳인데 말입니다. 한데 그것이 왜 궁금하신지요?"

"고금 최강의 세력이라고 하던데, 제대로 된 기록조차 남기지 않고 먼지처럼 사라진 것이 이상해서 한번 물어봤소. 고작 이백 년밖에 지나지 않았는데 말이오."

"대군."

고미가 들어섰다.

자연스럽게 대화가 끊기고 모두가 그녀를 주목했다.

"유령곡의 마인들이 귀주성 전투 때보다 두 배는 더 늘어났다고 합니다. 그리고 소속이 불분명한 다수의 무림인이 조군 진영을 향하고 있다는 첩보입니다."

"정규군은?"

"감숙성을 떠난 병력의 일부가 조금 전에 적진에 합류하였습니다. 그 외의 다른 병력은 아직 포착되지 않았습니다."

"수고했다."

고미가 나가자, 팽문이 물었다.

"조군 진영에 유령곡이 있습니까?"

"아, 말해 준다는 게 깜박했소. 유령곡 말고도 황보세가가 그곳에 있소. 해서 팽가가 해 줘야 할 일이 많아질 것이오."

팽문의 낯빛이 무겁게 변했다.

여기는 자신의 가문뿐인데 적진에는 강력한 세력이 두 곳이나 있다니.

팽문이 다른 것을 물으려고 할 때, 이환이 일어섰다.

"먼 길 오시느라 피곤할 터이니 이만 쉬도록 하시오. 작전과 관련한 내용은 내일 총사를 통해 전달토록 하겠소."

"알겠습니다, 대군."

이환이 물러가고 실내에는 팽무위와 부장만이 남았다. 팽문이 대뜸 물었다.

"방금 자네를 통해 작전과 관련한 내용을 전한다고 하셨는데, 하면 총사인 자네를 제쳐 두고 대군이 군단을 통솔하신단 말인가?"

"예. 태자궁에서 윤허하신 일이고, 저를 비롯한 장수들 역시 대군이 저보다는 더 적임자라 생각하고 있습니다."

"흠."

"대군이 탐탁지 않습니까?"

"내 눈이 잘못되지 않았다면 대군은……."

팽문은 차마 뒷말을 잇지 못했다. 팽무위가 씩 웃으며 말했다.

"가주께서는 이미 크나큰 실수를 하셨지요."

"실수라니. 그게 무슨 말인가?"

"처음부터 이황자 쪽과 손을 잡지 말았어야 했습니다. 세상은 그들이 태자 전하를 밀어낼 거라 보고 있지만, 제 눈에는 전혀 그렇지 않습니다. 태자 전하께는 우리 대군이 계십니다. 대군은 지금껏 실력을 감추고 계셨고, 그분의 진면목을 보신다면 제 말이 틀리지 않음을 인정하게 되실 겁니다."

우리 대군이라는 말에서 팽문은 팽무위가 이환을 어떻게 생각하는지 새삼 깨달았다.

"허어, 이것 참."

팽문은 결국 실소를 머금었다.

팽무위는 절대 이런 식으로 어떤 한 사람을 절대적으로 신뢰하는 성격이 아니다. 투박하고 우직해 보이지만 의심이 많고 쉽사리 정을 잘 주지도 않는다. 그런 그가 마치 사랑에 빠진 사람처럼 굴고 있으니.

팽문이 정색하고 입을 열었다.

"대군의 무력은 어느 정도인가?"

"그건 소장도 정확하게는 알지 못합니다. 다만 말씀드렸다시피 지금껏 실력을 감춰 오셨고, 감춰 둔 실력은 아마 상상을 초월할 것이라는 게 저의 생각입니다."

"아니, 이 사람아. 실력도 제대로 모른다면서 그렇게 믿고 따른다는 게 말이 되는가? 너무 맹목적이네!"

"거참, 두고 보면 알게 되신다니까요."

"이런……."

팽문은 막무가내로 나오는 팽무위의 태도에 기가 막힐 노릇이었다.

그때였다.

문을 열고 장수 한 명이 들어섰다.

"총사, 조나라의 정찰병으로 추정되는 자들이 진영 서쪽의 협곡을 타고 올라오는 중이라고 합니다. 허락하시면 소장이 가서 처치하겠습니다."

"숫자는?"

"대략 쉰 명 정도라고 합니다."

"그래?"

팽무위가 잠시 생각을 하는 듯하더니 팽문을 향해 말했다.

"잘되었습니다. 이참에 본가의 실력을 제대로 한번 보여주시지요."

"알겠네."

팽문이 세가의 중진을 돌아보며 지시했다.

"많이 갈 것도 없이 다섯 명만 보내도록 하게."

"예, 가주."

팽문이 장수를 돌아보며 말했다.

"우리 아이들을 안내해 주실 수 있겠소?"

장수가 놀란 얼굴로 물었다.

"정말 다섯 명만 보내실 겁니까?"

"그 정도면 충분하다오."

"……!"

남궁장천은 조나라 군영이 한눈에 내려다보이는 산봉우리에서 머물렀다.

일부러 올라오지 않는다면 들킬 염려가 없었기에 각별히 경계에 신경을 기울일 필요도 없었다. 하지만 문제가 생겼다.

'건량을 넉넉히 챙겨 오는 건데.'

먹을 건량이 똑 떨어지고 만 것이다.

아무리 무림인이라도 배고픔은 어쩔 수 없는 법. 그렇다고 사냥으로 해결하자니 연기 때문에 불을 피울 수도 없는 노릇이라 남궁장천은 고심에 빠졌다.

해답은 곧 나왔다.

'당장 오늘 쳐들어갈 것도 아니니 일단 도시로 내려가서 먹을 것부터 구하자. 소문에 연나라의 남부군단과 가까운

곳에 도시가 있다고 했으니, 그곳으로 간다.'

남궁장천은 산봉우리를 내려와 서북쪽으로 향했다. 가면서 조군 진영 곳곳을 살피다가 멀지 않은 곳에 유령곡의 마인들이 있는 것을 보았다.

곡주는 막사 안에 있는지 보이지 않았다.

'기회가 된다면…….'

유령곡주와의 격돌을 기대하며 남궁장천은 숲을 타고 빠른 속도로 이동했다. 그렇게 얼마를 이동했을까?

전방에서 이동하는 자들이 보였다.

조나라군의 무사들이었다.

남궁장천이 눈빛을 발한 것은 무사들 틈에 유령곡의 마인 두 명이 있는 것을 보았을 때였다.

'벌써 정찰에 나서다니. 이러면 머지않아 두 나라가 붙을 수도 있겠는걸?'

남궁장천은 우회해서 가려다가 그냥 뒤를 쫓기로 마음을 고쳐먹었다. 어차피 가는 방향이 같으니 굳이 먼 길을 돌아갈 이유는 없었다.

휘이잉!

강풍이 남궁장천을 도왔다.

숲이 강풍에 흔들리며 소리를 내어 주는 덕분에 기척을 감추고자 크게 노력을 기울일 필요도 없었다. 그렇게 반나절쯤 이동했을까?

전방에 마치 땅이 푹 꺼진 것 같은 거대한 협곡이 나타났다.

조나라군은 거침없이 협곡으로 내려갔다.

남궁장천도 은밀히 뒤를 쫓았다.

협곡은 위에서 보는 것보다 훨씬 깊고 넓었다. 또한 좌우가 깎아지른 듯한 낭떠러지라 나는 새가 아니면 절대 빠져나가지 못할 것만 같았다.

"연나라 새끼들도 지금쯤 우리 군의 움직임을 포착했을 텐데, 이렇게 깊숙이 들어가도 괜찮을까?"

"쓸데없는 걱정은. 군영에 병력이 집결한 건 알아도 우리가 이렇게 빨리 정찰에 나서는 건 절대 예상하지 못했을 것이다."

"저 양반들이 있는데 무슨 걱정이냐?"

무사들이 유령곡의 마인들을 돌아보며 고개를 끄덕였다.

그들에게는 절대 넘을 수 없는 벽과 같은 마인들은 아주 든든한 존재였다.

그렇게 협곡의 끝 지점에 이르렀을 때였다.

"새끼들, 빨리도 온다."

협곡의 입구를 덮은 숲을 헤치며 나서는 자들이 있었다.

"연나라 놈들이다!"

"이런 썅!"

채채채챙!

조나라군이 일제히 검을 뽑았다. 동시에 유령곡의 마인들이 앞으로 나섰다.

연나라 쪽에서도 앞으로 나서는 자들이 있었다. 하북팽가의 무사들이었다.

남궁장천은 숲에 몸을 숨기며 흥미진진한 눈으로 전방을 바라봤다.

'연나라 군영에 하북팽가가 있었다니. 제법 흥미로운 싸움이 되겠구나.'

연나라 쪽 무사들은 하북팽가를, 조나라 쪽 무사들은 유령곡의 마인들을 절대적으로 믿었다.

따라서 격돌은 필연이었다.

"개새끼들이 여기가 어디라고 기어 올라와!"

"여긴 원래 중립 지대였는데 뭔 개소리냐!"

"모조리 죽여!"

쳐라!"

까가강!

콰지직!

두 세력이 격돌하면서 남궁장천의 두 눈은 유령곡의 마인들에게서 한시도 떨어질 줄을 몰랐다. 마치 뭔가를 찾는 것처럼 그들의 동작 하나하나에 집중했다.

"크악!"

"으악!"

조나라 쪽 두 명이 먼저 피를 뿌리며 쓰러졌다. 남궁장천의 시선을 끈 건, 장대한 체격에 거대한 대도를 휘두르는 거한들이었다.

어지간한 사람은 휘두르는 것조차 힘들어 보이는 대도를 마치 나뭇가지처럼 가볍게 다루는 그들이 현장을 압도하고 있었다.

'역시 하북팽가다.'

하북의 맹주를 자처하며 수백 년에 걸쳐 천하제일도가(天下第一刀家)로 명성을 떨쳐 온 그들은 과연 명불허전이었다. 진나라에서도 연나라의 무림 세력 중에서 가장 주의할 대상으로 하북팽가를 꼽고 있었다.

꽝!

드디어 팽가의 무사와 유령곡의 마인이 격돌했다.

대도와 검이 부딪치면서 흙먼지가 폭포수처럼 솟구쳤다. 그 정도가 얼마나 강력했는지 주변의 다른 무사들이 흙먼지를 피해 물러나야 할 정도였다.

'이 싸움은 연나라가 압도하겠군.'

남궁장천의 예상은 그대로 맞아떨어졌다. 격돌이 시작되고 불과 한 식경도 지나지 않아 조나라군이 밀리기 시작했다.

유령곡의 마인들이 두 명이나 있었지만 상대는 팽가의 무사가 다섯이 포진하고 있었다. 개개인의 무력은 마인들이 다소 우위였지만 수적인 열세를 극복하지 못하고 있었다.

"크악!"

그 와중에 조나라군의 무사들이 속속 피를 뿌리며 쓰러졌다. 마인들을 상대하는 두 명을 제외한 다른 세 명이 조나라의 무사들에게 달려들면서 분위기는 급속도로 기울어갔다.

콰직!

"컥!"

검으로 대도를 막았으나 압도적인 힘의 차이에 의해 검과 사람이 한꺼번에 잘려 나가는 무시무시한 광경이 이어지고 있었다.

그때였다.

"윽!"

팽가의 무사 하나가 신음을 토하며 휘청거렸다. 마인의 공격에 가슴을 베이고 만 것이다.

마인이 목을 베기 위해 달려들 때, 다른 팽가의 무사가 뒤를 치고 달려들었다.

마인은 어쩔 수 없이 상대를 포기하고 뒤쪽으로 물러설 수밖에 없었다.

"개새끼들이!"

"저 껍데기들부터 처치한다!"

팽가의 무사들이 일제히 유령곡의 마인들을 향해 돌아섰다.

그때였다.

삐이익!

날카로운 호각성에 조나라군이 뒤로 물러서기 시작했다. 공교롭게도 그중 몇 명이 남궁장천이 몸을 은신한 곳으로 달려왔다.

남궁장천은 검파에 손을 얹었다.

'이쪽으로 와라.'

그는 유령곡의 마인을 기다렸다. 개입할 생각은 없었지만, 마인들을 살려서 보낼 생각은 추호도 없었다. 물론 상황이 허락한다면.

파파팟!

조나라군 몇 명이 남궁장천의 지척을 지나갔다. 남궁장천은 그들은 무시하고 마인들을 주시했다. 그때였다.

마인들이 남궁장천이 있는 곳으로 달려왔다. 남궁장천은 소리 없이 검을 뽑았다. 백색의 검강이 검신을 타고 올라왔다.

번쩍!

"……!"

한 줄기 섬광에 흠칫한 마인이 본능적으로 몸을 틀었다. 하지만 섬광은 눈으로 본 것보다 훨씬 빨랐고, 마인은 그것을 피하지 못했다.

서걱!

잘린 머리가 허공으로 솟구쳐 올랐다.

다른 마인이 난데없는 동료의 죽음에 경악하며 황급히 방향을 틀었다.

'어림없다.'

남궁장천은 마인을 쫓아 몸을 날렸다.

"저길 보십시오!"

팽가의 무사들과 연나라의 무사들이 숲 위로 솟구쳐 오르는 남궁장천을 바라봤다.

"아군일까요?"

"글쎄다."

"저자가 유령곡의 마인을 아주 쉽게 죽여 버렸습니다. 한데 아군이 아니라면 어디서 온 자일까요?"

모두가 남궁장천의 경공술에 놀람을 감추지 못했다. 하지만 뒤를 쫓아갈 여유는 없었다. 언제 조나라군이 또 들이닥칠지 모르는 상황이었다.

"다들 괜찮소?"

팽가의 무사가 모두를 살폈다. 전사자는 없었지만 무사 몇 명이 피를 흘리고 있었다.

소규모 전투였지만 압승이었다.

"군영으로 돌아간다."

"예!"

남궁장천은 마인을 쫓았다.

그의 존재를 눈치챈 마인이 뒤도 돌아보지 않고 필사적으로 달렸다. 하지만 남궁장천의 경공술은 이미 초절정을 훌쩍 뛰어넘은 수준이었다.

따돌릴 수 없다고 판단한 마인이 조나라군의 무사들을 향해 외쳤다.

"곡주께 남궁장천이 이곳에 있다고 전해라!"

마인은 허공에서 방향을 틀어 남궁장천을 향해 일검을 날렸다.

쐐액!

손을 떠난 검이 남궁장천의 가슴을 노리고 섬전처럼 날아들었지만 그저 미약한 몸부림에 불과했다.

남궁장천은 검을 피해 곧장 마인을 향해 달려들었다. 마인은 최후의 한 수로 쌍수를 휘둘렀지만 남궁장천의 검이 더 빨랐다.

퍽!

"컥!"

심장을 꿰뚫은 검이 등 뒤로 삐져나왔다.

마인은 작살에 찔린 물고기처럼 전신을 바르르 떨고는 그대로 쓰러졌다.

털썩!

남궁장천은 도주하기 바쁜 조나라군의 무사들을 응시하며 슬며시 미간을 좁혔다.

"나의 존재를 알린 것은 제법 괜찮은 판단이었다."

아쉬움이 밀려들었다.

자신이 이곳에 온 것을 너무 빨리 들켜 버렸다. 물론 쫓아가면 몇 명은 더 죽일 수 있겠지만 이미 흩어져 버린 저들을 모두 다 막을 순 없었다.

남궁장천은 마인을 내려다봤다.

'이놈들, 공력을 비워 두었다가 공격할 때 일시에 끌어올리는 수법을 쓰고 있다. 기운만으로 이놈들을 가늠한다면 더 강한 고수도 당할 수 있겠구나.'

적수에서는 미처 발견하지 못한 것이었기에 남궁장천은 정체를 들킨 것에 대한 아쉬움을 조금은 털어 낼 수 있었다.

그는 고개를 들어 동쪽을 바라봤다.

서쪽으로 가면 조나라 군영, 동쪽으로 가면 연나라 군영이 나온다.

'내가 온 것이 전해진다면 필시 대대적인 수색에 나설 터. 하면 연나라 군영 근처에 머물며 놈들이 올라오기를 기다리는 수밖에.'

결국 남궁장천은 연나라의 남부군단이 있는 동쪽으로 발길을 돌렸다.

그가 떠난 직후, 그의 검에 심장을 내주고 죽은 마인의 가슴이 하얗게 얼어붙었다.

짜자작!

이 가공할 음공을 남궁장천은 적수에서 단 한 번도 펼친 적이 없었다.

"여전히 완벽하지 않아. 여기 머무는 동안에 제대로 수련해야겠어."

정찰병 간의 전투에서 연나라군은 압승을 거두었다. 마치 전초전처럼 여겼기에 군영의 모두가 환호했다. 또한 전투에서 보여 준 팽가의 강력한 실력 역시 모두의 입에 오르내렸다.

소식은 이환의 귀에도 들어갔다.

딸그락.

실내에 용정차의 향이 그득했다.

이영에게서 받은 최상품 용정차를 즐기는 행위는 이제 이환의 일상처럼 되어 있었다.

"적의 정찰병에 유령곡의 마인이 있었다고?"

"예. 두 명이 있었는데, 팽가의 무사들이 놈들을 압도했다고 합니다. 한데 현장에 아주 이상한 자가 있었다고 합니다."

"이상한 자?"

이환은 찻잔을 내려놓고 송회를 직시했다.

송회가 말을 이었다.

"전투 현장에 누군가 있었는데, 그자가 마인 한 명을 아주 쉽게 죽이고는 조나라군을 쫓아서 사라졌다고 합니다."

귀를 솔깃하게 만드는 말이었다.

유령곡의 마인을 쉽게 죽일 정도의 고수가 전투 현장에 있었다니.

이환은 묵묵히 고개를 끄덕였다.

"확실히 이상하군. 모습을 감췄다면 아군은 아니라는 건데, 혹시 복장이나 무기 등에서 특이점은 없었느냐?"

"예. 다만 나이가 상당히 어려 보였다고 합니다. 각각 말이 조금씩 다른데, 대충 종합해서 추정하면 이십 대 초중반쯤 되는 것 같았습니다."

사실이라면 놀랍지 않을 수 없었다.

그 나이에 유령곡의 마인을 쉽게 죽일 정도의 고수는 천하에서 몇 명 되지 않을 것이다.

"그나저나 팽가 덕분에 군영의 사기가 제법 올라갔습니다. 작전에 나섰던 자들 대부분이 이십 대였다고 하는데, 유령곡의 마인들을 압도했다 하지 않습니까."

"비슷한 수준에서 수적 우위는 극복할 수 없는 장벽과도 같은 것. 반가운 일이지만 너무 들뜰 것도 없다."

딸그락.

"뜨거운 물 좀 더 가져와."

"예."

송회가 일어서려고 할 때, 고미가 들어섰다.

"월주 것도 준비하고."

"예."

고미가 이환의 맞은편에 앉았다.

"새로운 정보라도 있나?"

"조나라의 태자가 전장으로 올지도 모른다는 소문이 적진에 돌고 있습니다."

"조나라의 태자가?"

"예. 이유나 목적까지는 알아내지 못했지만 올 확률이 상당히 높은 것 같습니다."

"이상하군. 서남왕이 자신의 힘을 과시하려고 만든 판에 그에 의해 쫓겨난 태자가 전장으로 온다? 희한한 놈들이군."

"문제는 아무리 실각한 태자라도 상당한 병력이 함께 움직인다는 점이 아니겠습니까? 소문에 조나라 태자의 호위들은 하나같이 조나라 무림에서 손에 꼽히는 고수들이라고 들었습니다."

"태자라면 당연히 그럴 테지."

"너무 담담하신 것 같습니다."

"호들갑이라도 떨까?"

"……."

이환은 의자에 몸을 기대며 잠시 생각을 해 봤다.

'판이 더 커지면 우리도 무림인들을 더 받아야 할까?'

조나라 태자와 함께 올 무림 병력이 어느 정도가 될지 모르는 상황이니 살짝 고민이 되었다.

너무 안이하게 대처했다가 밀리기라도 하는 날에는 그리고자 했던 그림이 망가질 수도 있었다.

"주태, 밖에 있나?"

"예."

주태가 문을 열고 들어섰다.

그런데 그가 앞치마를 두르고 있었다.

"뭐지, 그 복장은?"

"제가 요리를 좀 합니다. 마침 좋은 고기가 들어왔길래 실력 발휘나 해 볼까 싶어서 말입니다."

"됐고, 네 일족에게 전서를 보내서 다섯 명 정도만 내려오라고 전해."

"조나라 놈들 무림 병력이 더 늘었습니까?"

"조나라 태자가 올 수도 있다는군. 하면 당연히 무림인들도 함께 오겠지."

"아니, 쫓겨난 놈이 서남왕이 벌인 판에는 왜 온답니까?"

"나중에 네가 직접 물어봐."

"……."

"전서를 보내려면 서둘러라."

"예."

주태가 물러가자, 고미가 의아한 표정으로 물었다.

"태자궁에 지원을 요청하지 않는 이유를 여쭙고 싶습니다."

"황후하고 싸우기도 벅찬 상황에서 지원은 무슨. 그나저나 이걸 틈틈이 익히도록 해."

탁.

이환이 품속에서 연통을 꺼내어 탁자 위에 올렸다. 고미가 눈이 동그래졌다.

"이건 뭡니까?"

"내가 창안한 심법인데, 익히면 내공 증진에 제법 도움이 될 거다."

"……!"

고미의 두 눈이 더 커졌다.

"심법만으로 내공 증진이 가능하단 말입니까?"

"그럼 안 되는 걸 줄까. 마음 바뀌기 전에 얼른 챙겨 둬."

"……감사합니다."

고미는 반신반의하는 표정으로 연통을 품속에 갈무리했다.

"이제부터 너무 적진 깊숙이는 들어가지 않도록 해. 월주가 잘못되면 나는 눈이 멀어 버리는 것과 다름없는 신세가 된다고."

"조심하겠습니다."

"만약 전투가 벌어지면 가급적 내 주변에서 머물도록 하고."

"예, 대군."

고미는 살짝 가슴이 뛰었다.

그녀에게는 아주 생소한 느낌이었다.

"하면 이만 나가 보겠습니다."

"차 한잔하고 가."

"괜찮습니다."

"부장이 직접 준비하고 있잖아. 성의를 봐서라도 마시고 가라."

"……알겠습니다."

고미가 다시 앉았다.

잠시간의 침묵 뒤에 이환이 불쑥 물었다.

"조나라의 태자를 죽이면 어떨까?"

"쉽지는 않을 겁니다. 그리고 죽여야 할 이유도 없을 것 같습니다."

"왜 그렇게 생각하지?"

"비록 실각은 했다 하지만 태자는 태자입니다. 그가 건재해야 서남왕도 더 신경을 쓸 테고, 그래야 조나라도 쉽사리 혼란에서 벗어나지 못할 것입니다."

"적국의 혼란을 굳이 내 손으로 걷어 낼 필요는 없다 이거군."

"어쩌면 태자가 이곳으로 오는 것도 서남왕의 안배일 수도 있습니다. 만약 태자가 전투 중에 전사한다면 그로서는 더없이 좋은 일이 될 테니까요."

고미의 그 말에 이환의 입꼬리가 살짝 말려 올라갔다.

"한 수 제대로 배웠군."

"예?"

"그것까지는 미처 생각하지 못했거든. 하마터면 적을 이롭게 해 줄 뻔했어."

"제 생각이 틀릴 수도 있습니다."

"아니야. 아주 일리가 있어. 내가 조나라의 서남왕이라도 그렇게 할 것 같거든."

고미는 이환의 입가로 번져 가는 미소를 보며 새삼 놀랐다.

'확실히 특이한 분이시다. 이 정도 위치에 있는 사람이 자신의 부족함을 인정한다는 건 결코 쉬운 일이 아닌데. 그것도 아랫사람을 앞에 두고.'

자신의 시대에서 이환은 거의 열 배에 달하는 적을 상대로 전쟁을 벌인 적이 있었다.

모두가 비관하던 전쟁이었지만 이환은 기어코 승리를 쟁취했고, 그날 이후로 천하는 그를 무신(武神) 혹은 무제(武帝)라 칭하기 시작했다.

이환은 무제를 더 좋아했다.

'그 시절에 비하면 지금은 애들 장난에 불과하지.'

이환이 느긋한 이유였다. 그는 남부군단의 전력만으로 조나라군을 상대할 자신이 있었다.

하지만 무작정 느긋할 수만은 없었다.

하여 남부군단의 지휘권을 갖겠다고 선언한 이후부터 병력을 새롭게 배치했고, 조나라 영토에서 군영으로 이어지는 길목 곳곳에 매복을 깔아 다중의 방어망을 구축했다.

**공격하는 쪽이 방어하는 쪽보다 몇 배는 더 많은 전력을**

**가져야 한다.**

고금불변(古今不變)의 철칙에 따른 철저한 방어책이었고, 이환은 그것을 절대적으로 믿고 있었다.

하지만 변수가 생겼다.

바로 조나라의 태자였다.

'뭐 하나 쉬운 게 없군.'

며칠 후, 고미가 이환을 찾았다.

"조나라의 태자가 합류했습니다. 우려했던 대로 다수의 무림인들이 함께 왔습니다."

"무림인들의 정체까지 파악하는 건 무리인가?"

"예. 그들과 관련한 정보는 아예 접근 자체가 불가한 터라 힘들 것 같습니다. 죄송합니다."

"아니야, 이 정도로도 충분히 도움이 될 거다. 수고했어."

"정말 지원을 요청하지 않으실 겁니까?"

"오고 있다."

"예?"

"곧 도착할 거야."

"태자궁에 요청하신 겁니까?"

"태자궁에는 지원 요청을 할 생각이 없다고 했잖아. 그냥 내가 아는 사람들이다. 수고했으니 그만 가서 쉬도록 해."

밖으로 나선 고미는 나지막이 한숨을 내쉬었다.

'자신의 평가를 바꾸기 위해 너무 무리하는 거 아닐까? 이러다가 패하면 만사가 수포로 돌아갈 수도 있을 텐데.'

고미는 금군의 수장이 되기 위한 이환의 포석이 여전히 불안했다. 아무리 공격하는 쪽이 몇 배의 전력이 필요한 법이라지만 그 모든 것을 뒤집을 수 있는 변수가 존재했다.

바로 무림인들이었다.

그 무림인들의 수에서 남부군단은 압도적으로 부족했다.

"후우."

나지막이 한숨을 내쉰 고미는 전각의 문을 나서려다가 멈칫했다. 저만치 앞에서 걸어오는 백포인들을 본 것이다.

모두 다섯 명.

'혹시 대군이 말씀하셨던 사람들일까?'

백포인들은 정확하게 이환의 전각을 향해 걸어오고 있었다.

그때였다.

"빨리도 왔네."

뒤에서 주태가 밖으로 나섰다.

그는 고미를 향해 슬쩍 웃어 보이고는 백포인들을 향해 손을 흔들었다.

"어이!"

순간 백포인들이 허공을 날아와 주태와 고미의 앞으로 떨어져 내렸다.

휘리릭!

"대장!"

"신수가 훤해지셨습니다, 대장!"

이환은 주태와 반갑게 인사를 나누는 백포인들의 면면을 재빨리 살폈다.

하나같이 범상치 않은 분위기를 풍겼지만 비관적인 기분이 더 강하게 들었다.

'고작 이들 다섯으로 뭘 하시겠다고.'

"인사드려라. 황궁의 어사이시다."

"어사께 인사드립니다."

처처척!

"내 동료들이오."

백포인들이 포권을 취하며 머리를 숙이자, 고미도 마지못해 포권을 취했다.

"어서 오세요."

고미는 곧장 주태에게 전음으로 물었다.

[혹시 대군께서 요청하신 지원 병력이 이들인가요?]

[그렇소.]

[뒤에 더 오기로 했나요?]

[아니오. 다섯 명만 말씀하셨소. 혹시 이들이 미덥지 못한 것이오?]

[안심할 정도도 아니잖아요? 그럼.]

고미는 곧장 자신의 막사로 향했다.

금의위를 모두 처단한 이후부터 그녀는 여무사와 함께 기존의 막사에서 머물고 있었다.

이환의 전각에서 머무는 것이 영 불편했기 때문이다.

잠시 후 막사로 들어서자 여무사가 그녀를 맞았다.

"빨리 오셨네요?"

"보고드릴 게 별로 없었어."

"식사하셔야죠?"

"술 있어?"

"예. 안주하고 준비할 테니 얼른 씻고 오세요."

고미는 막사 뒤쪽으로 나갔다. 대나무가 병풍처럼 둘러싼 한가운데에 웅덩이가 있었다.

산에서 내려오는 물이 잠시 머무는 그 안으로 고미는 옷을 벗고 들어섰다.

첨벙!

뜨거운 계절임에도 물은 얼음처럼 차가웠다. 하지만 한겨울에도 냉수욕을 즐기는 고미에게 그 정도 냉기는 아무것도 아니었다.

좌악!

바닥에 드러누웠다.

온몸으로 전해지는 냉기로 인해 머릿속이 한결 맑아지는 기분이었다.

'대군은 철저히 방어만을 생각하고 계신다. 그래서 지원 병력도 최소 인원만 요청했을 수도 있다. 하지만 아무리 그래도 다섯은 좀…….'

물속에서 이런저런 생각을 하던 고미가 한순간 두 손으로 바닥을 때리며 물 위로 솟구쳐 올랐다.

촤아악!

웅덩이 옆에 놓아두었던 검이 저절로 떠올라 그녀의 손에 쥐여 있었다.

챙!

그녀의 검 끝이 향한 곳은 웅덩이 뒤쪽의 숲, 그러니까 그곳에서 가장 크고 높은 거목의 꼭대기였다.

휘이잉!

바람에 흔들리는 나뭇가지 위로 보이는 것이라고는 파란 하늘뿐이었다.

'분명 사람인 것 같았는데.'

남궁장천은 당혹감에 고개를 저었다.

'이런…….'

식량을 구하기 위해 도시로 향하던 중에 남부군단으로 들어선 그가 가장 먼저 온 곳이 바로 이곳이었다. 경계를 피하려면 군영을 한참 돌아가야 했기에 지름길을 선택한 것이다.

그런데 그만 실오라기 하나 걸치지 않은 여인의 나체를 보고 말았다. 한순간 그의 머릿속에 황홀할 정도로 풍만한 여인의 나체가 아른거리며 떠올랐다.

'정신 차려라, 남궁장천.'

애써 여인의 나체를 떨쳐 낸 남궁장천은 수풀 사이로 시선을 돌렸다.

여인은 벌써 옷을 걸치고 있었다.

'설마 물속에서 나를 본 건가?'

여인의 반응은 놀라울 정도로 빨랐다. 몸을 쉽사리 움직이기 힘든 물속임을 생각하면 더욱더 놀라운 반응속도였다.

그때였다.

"……!"

옷을 걸친 여인이 자신이 있는 곳을 향해 솟구쳐 오르는 것이 보였다.

'들켰구나.'

남궁장천은 재빨리 숲 너머로 몸을 날렸다. 놀랍게도 그가 밟고 있던 나뭇가지는 조금도 흔들리지 않았다.

'얼른 식량이나 구하러 가자.'

거목의 꼭대기에 올라선 고미는 주변을 날카롭게 살폈다. 하지만 어디에서도 사람의 기척은 감지되지 않았다.

'착각이었나?'

철컥!

조나라 때문에 너무 신경을 쓴 탓에 예민해진 것이라 여긴 고미는 검을 거두고 거목에 걸터앉았다.

군영을 내려다보니 무사들은 여전히 뭔가를 하느라 분주하게 움직이고 있었다.

고미의 시선은 자연스럽게 이환의 전각을 향했다. 군영의 모든 곳이 분주했지만, 그곳만큼은 마치 시간이 멈춘 듯 고요함에 휩싸여 있었다.

'이 평온함도 곧 깨지겠지?'

"월주님! 어디 계세요?!"

여무사의 목소리가 울렸다.

고미는 이내 거목을 떠났다.

쿵쿵쿵!

딱딱딱!

조나라 군영에서 가장 높은 지대에 막사를 세우는 작업이 한창이었다.

막사 주변은 수십 명의 무림인이 철통같은 경계를 펼친 채 출입을 통제했다. 그 한가운데에서 홀로 찻잔을 기울이는 황포인이 있었다.

바로 조나라의 태자 조광(趙廣)이었다. 불과 얼마 전까지는 차기 황제가 될 고귀한 신분이었지만 지금은 서남왕에게 밀려 평범한 황자의 신분으로 전락한 비운의 주인공이기도 했다.

"차를 조금 더 내오너라."

"예, 전하."

"그 호칭, 더는 하지 말라 했느니라."

"소인에게는 영원한 전하이십니다. 하면 차를 더 내오겠습니다."

조광은 차를 가져오기 위해 한쪽으로 걸어가는 노파의 뒷모습을 응시하다가 이내 지그시 눈을 감았다.

잠시 후 노파가 차를 한 잔 더 갖고 왔다.

"천천히 드십시오."

"파파."

"예, 전하."

"연나라 쪽 정보는 어떻게 되었지?"

"장수들에게 취합하여 가져오라 일러두었으니 조금만 더 기다려 보시지요."

"듣자 하니 연나라 군영에 황가의 대군이 한 명 있다던데, 그자에 대한 정보도 부탁했나?"

"그자는 신경 쓸 가치조차 없는 자라고 하니 신경 쓰지 마십시오."

"아무래도 파파와 나는 전혀 다른 말을 들은 것 같군."

"어인 말씀이신지……."

조광이 차를 한 모금 마시고는 말을 이었다.

"우리 군이 중립 지대에서 물러서는 협정을 맺을 때, 그자가 연나라군의 총사를 대신하여 협상장을 주도했다고 들었다. 파파가 들은 소문처럼 신경 쓸 가치조차 없는 자라면 과연 그럴 수 있었을까?"

"그런 소문이 있었습니까? 소인은 처음 듣는 얘기이옵니다. 하면 그자에 대한 정보도 취합하라 일러두겠습니다."

그때 장수 한 명이 올라왔다.

"충!"

조광을 향해 군례를 취한 장수가 곧장 손에 들고 있던 것을 내밀었다.

"분부하신 것을 대령했습니다."

"총사가 네게 이것을 전하라 하였느냐?"

"예, 저하. 총사께서 직접 오셔야 함이 마땅하나 공무가 다망하셔서 소장이 대신 올 수밖에 없었습니다."

호칭이 한 단계 격하되었다.

다른 황자들과 같이 부르게 함은 서남왕의 명이었다. 조광의 눈빛이 차갑게 변한 것은 호칭이 아니라 총사가 직접 오지 않은 것 때문이었다.

'이곳도 이미 완전히 서남왕 쪽으로 돌아선 건가?'

"하면 소장은 이만 물러가겠습니다, 저하."

머리를 조아린 장수는 종종걸음으로 언덕을 내려갔다. 노파가 조광을 위로했다.

"너무 괘념치 마십시오. 이 전쟁을 승리로 이끄신다면 천하는 다시 전하를 우러러보게 될 것입니다. 그때까지는 참고 또 참으셔야 합니다, 전하."

"알았다."

조광은 끓는 속을 애써 억누르고는 장수가 주고 간 종이를 펼쳤다. 종이에는 연나라의 남부군영에 대한 온갖 정보가 가득 적혀 있었다.

읽어 가던 조광의 미간에 주름이 잡혔다.

"명성이 높은 장수라고는 정천 하나뿐인데, 그런 굴욕을 당했다니."

"군영을 이끌던 총사가 급사하고 귀주에서 진나라와 충돌이 빚어지는 바람에 그리되었다고 들었습니다."

"아무리 그래도 그런 굴욕을 당하다니. 천하에 무능한 것들 같으니."

탁!

조광이 종이를 다소 격하게 내려놓았다.

그가 이렇듯 격한 반응을 보이는 것은 다 이유가 있었다. 바로 이곳의 병력을 귀주성으로 지원을 보내라는 결정을 내린 사람이 바로 그였기 때문이다.

당시 서남왕은 격하게 반대했었다. 결과적으로 중립 지대는 물론이고, 후방으로 백 리나 물러나는 굴욕을 당하면서 조광의 입장이 매우 난처해졌다.

서남왕은 대놓고 태자의 결정이었으니 책임을 지라며 공격하고 나왔다.

따지고 보면 실각의 한 이유일 수도 있었다.

조광은 서북쪽 하늘을 바라보며 눈빛을 가라앉혔다.

'이 전쟁은 무슨 일이 있더라도 이겨야 한다. 그래야 재기의 발판을 마련할 수 있다.'

비록 실각은 했지만, 서남왕과의 싸움은 아직 끝난 게 아니었다.

조나라의 황제는 아직 차기 황제를 지목하지 않고 있었다. 조광을 태자의 자리에서 폐위시킨 것은 지나친 정쟁으로 나라가 혼란스러워질 것을 우려하여 내린 결정일 뿐이었다.

그러니까 조광에게는 아직 기회가 남은 셈이었다.

"파파."

"예, 전하."

"이 정보를 파파는 물론이고 모두가 숙지해야 할 것이다. 너희들이 해야 할 일은 이 안에 적혀 있는 적의 주요 장수들을 죽이는 것이다."

"염려 마시옵소서. 전장에서 눈에 보이는 족족 죽여 없앨 것입니다."

조광은 주변에 모여 있는 무림인들을 천천히 쓸어 보았다.

조나라에서는 하나같이 내로라하는 고수들이자 충신들이었다. 특히 그가 파파라 부르는 노파는 측정 불가의 절대 고수이자, 무림인들을 이끄는 수장이기도 했다.

꽈악.

조광이 지그시 입술을 깨물었다.

'이들이 내게 남은 마지막 희망이다. 이들의 힘으로 권토중래하여 간악한 숙부를 몰아내고 다시 나의 자리로 돌아가고야 말 것이다.'

조광의 귓불이 살짝 붉어졌다.

화가 나면 자연스럽게 나타나는 현상인데, 그를 화나게 한 것은 지금 머릿속에 떠올라 있는 한 사람 때문이었다.

바로 서남왕이었다.

**죽이지 않고 살려 줌에 감사하며 살아야 할 것이다.**

바르르…….

이곳으로 오기 전, 마치 세상을 가진 것처럼 으스대던 서남왕의 모습이 떠오르자, 조광의 눈가에 가는 경련이 일어났다.

'나를 살려 둔 것을 후회하게 될 것이오, 숙부.'

퍼석!

찻잔이 조광의 손아귀에서 산산조각이 나 버렸다.

7장
# 그냥 갈 순 없지

비월의 조직 규모는 동창, 금의위에 비교하면 손색이 있었다. 하지만 그들이 하는 일은 결코 두 조직에 못지않았다.

세상은 모르고 있지만 비월은 적국의 황궁과 군부에까지 세작을 두고 있었다. 고미가 신기하리만큼 적국의 정보를 빨리빨리 파악하는 것도 다 그러한 이유 때문이었다.

그러한 비월도 쉽사리 취할 수 없는 것이 있었다. 바로 조나라 태자와 그 주변의 무림인들에 대한 정보였다.

**태자 주변의 무림인들에 대한 모든 정보가 기밀로 묶여 있어서 접근 자체가 불가함.**

전서를 확인한 고미의 미간에 살짝 주름이 잡혔다.

'이상하네. 서남왕에게 밀려서 실각한 태자를 이렇게까

지 보호한다고?'

딸그락.

고미는 차를 한 모금 마시고는 몸을 뒤로 슬며시 젖히며 팔짱을 끼었다.

'대군께서 실망하시겠네.'

이환은 조나라 태자와 함께 온 무림인들에 대한 정보를 원하고 있었다. 하지만 정보에 대한 접근 자체가 불가하니 달리 방법이 없었다.

'그들이 곧 있을 전쟁의 변수가 되면 안 되는데…….'

고미는 답답함에 인피면구를 벗었다.

죽은 자로 처리된 까닭에 군영에 돌아온 이후부터는 거처에서도 인피면구를 쓰고 생활해 온 그녀였다.

마침 여무사가 들어섰다.

"면구를 벗으셨네요?"

"답답해서."

"저하고 계실 땐 면구를 벗으세요. 차 드세요."

고미는 여무사가 가져온 차를 마셨다.

딸그락.

"이번만큼은 대군께서 원하시는 정보를 얻을 수 없을 것 같아. 조나라 측에서 실각한 태자를 왜 그렇게 보호하고 있는지 모르겠어."

여무사가 답답해하는 고미를 빤히 쳐다봤다.

그러더니 넌지시 물었다.

"그거 아세요?"

"뭘?"

"언제부턴가 더 열정적으로 변하셨어요. 대군께 도움이 될 만한 정보라면 더욱더 열심이었죠. 지금처럼요."

"그게 이상해?"

"그냥, 그렇다고요. 그럼 쉬세요."

고미는 밖으로 나서는 여무사의 뒷모습을 응시하며 곱게 미간을 찡그렸다.

'무슨 말이 하고 싶었던 거야?'

고미는 다시 찻잔을 들어 입으로 가져갔다. 그러다가 뭔가를 떠올리고는 두 눈을 토끼처럼 동그랗게 치떴다.

'재가 설마 나를…….'

딸그락!

"들어와 봐!"

고미의 나지막한 외침에 여무사가 문을 열고 머리를 내밀었다.

"필요한 거라도 있으세요?"

"조금 전에 그 말, 무슨 뜻이었어?"

"아무 뜻도 없었는데요?"

"너 설마 내가 대군을 연모한다고 생각하는 건 아니겠지?"

"전혀 그렇게 생각하지 않았는데, 월주님 반응을 보니

조금 수상하긴 하네요."

"전혀 아니니까 쓸데없는 생각 말고 오는 전서나 빠지지 않게 챙겨."

"예."

탁!

문이 닫히자, 고미는 남은 차를 마저 마셨다.

"……!"

고미는 황급히 음공을 끌어올렸다. 차가 너무 뜨거웠기 때문이다.

'계집애가 미쳤어, 정말.'

휘이잉!

강풍이 사납게 휘몰아치는 산의 정상에 이환과 철무옥, 고미가 나란히 섰다.

그들이 서 있는 곳은 조나라의 군영이 한눈에 내려다보이는 조나라의 영토였다. 아침에 군영을 나선 이환은 이곳까지 오면서 조나라가 공격을 해 올 시 사용될 동선을 면밀히 살피고, 중요한 길목은 빠짐없이 지도로 만드는 작업을 하는 중이었다.

물론 지도 제작은 고미의 몫이었다.

"대단하군."

처음 본 조나라 군영은 감탄을 자아낼 만했다. 군영 전체가 마치 하나의 도시처럼 잘 정돈된 모습은 연나라 군영과는 확연한 차이를 보여 주고 있었다.

"저런 식이면 무사들이 가족과 함께 지낼 수 있으니 군생활이 꽤 편하겠군. 사기가 오름은 덤일 테고 말이야."

"그렇습니다. 대부분의 조나라 군영이 저런 식으로 운영되고 있습니다. 아마 그래서 삼국 중에 군비 지출이 가장 많다고 소문났을 겁니다."

고미의 대답에 이환은 담담히 말을 이었다.

"대신 저곳에서 전투가 벌어지면 가족 걱정에 제대로 싸울 순 없겠지?"

"그렇습니다. 저희가 파악한 조나라 군영의 약점 중 하나입니다."

"저곳을 치려면 피와 눈물도 없는 괴물이 되어야겠군. 평범한 사람들까지 어쩔 수 없이 죽여야 할 테니까 말이야."

고미가 물었다.

"만약 그런 상황이 온다면 그렇게 하실 겁니까?"

"어떻게 해야 할까?"

"제가 고민할 문제는 아닌 것 같습니다."

"네가 나라면 말이야."

"……."

고미는 답을 하지 못했다. 속으로 그녀는 괜한 것을 물었다며 후회했다.

“무옥, 너라면 어떡하겠느냐?”

“전쟁에 자비를 둘 순 없습니다. 적이 항복하지 않는다면 어쩔 수 없지 않겠습니까?”

이환은 고미를 돌아봤다.

“기억해 둬. 무옥이 지금 한 말.”

“……예.”

이환은 다시 시선을 조나라 군영으로 돌렸다.

군영 곳곳에서 무사들이 분주히 움직이고 있었다. 가장 눈길을 끄는 건 필요 이상으로 많은 전마(戰馬)였다.

“기병이 원래 많았나?”

“중립 지대에 군영을 세웠을 땐, 저렇게까지 많지 않았던 것으로 알고 있습니다. 산악 지형인 이곳에서 기병은 거의 쓸모가 없음을 생각하면 아마 다른 목적이 있는 것 같습니다.”

“퇴각할 때 빨리 빠져나가겠다는 건가?”

“조사해 보겠습니다.”

이환은 하늘을 올려다봤다.

서쪽 먼 곳에서부터 먹구름이 밀려들고 있었다.

“해가 떨어지면 조금 더 가까이 내려가서 살펴보도록 하지. 그때까지는 여기서 대기한다.”

"예."

"알겠습니다."

그때였다.

땡땡땡!

종소리가 아련하게 울렸다. 뒤이어 군영 곳곳에서 무사들이 뛰쳐나와 어디론가 달려가는 모습이 보였다. 난데없는 상황에 이환은 공력을 끌어올려 시력을 극대화했다.

하지만 워낙에 멀어서 어떤 상황인지 파악하는 건 불가능했다.

철무옥이 말했다.

"무슨 일이 벌어진 것 같습니다."

"우리에게 좋은 일이면 좋겠는데."

땡땡땡!

군영 전체에 종소리가 요란하게 울렸다.

곳곳에서 뛰쳐나온 장수들이 황급히 향하는 곳은 총사의 막사가 있는 군영의 중심부였다.

한 장수가 태자 조광의 막사를 찾았다. 조광과 함께 온 장수들 가운데 한 명으로 무림 출신이었다.

"명을 이행하였습니다, 전하."

"뒤처리는 문제없이 했겠지?"

"예. 분부하신 대로 막사 내부에 연나라군의 흔적을 남겼습니다."

"그럼 이제 전임 총사의 죽음도 연나라의 소행으로 몰아가는 일만 남았군."

"그렇습니다."

조광은 찻잔을 입으로 가져갔다.

파파가 말했다.

"서남왕 쪽 장수들이 여전히 많습니다. 살려 두면 언젠가 화근이 될 자들입니다."

"그들은 당연히 전장에서 죽어야 하지 않겠느냐."

"하면……."

"공격을 시작할 때, 모두 선봉에 세울 것이다. 자신들이 믿고 따르던 총사를 암살하였으니 오히려 선봉에 세우는 것을 고맙게 여기겠지. 후후후."

"하면 손에 피 한 방울 묻히지 않고 서남왕의 졸개들을 제거할 수 있겠군요. 역시 전하이십니다!"

"성공하기 전까지 호들갑은 금물이다."

딸그락.

조광이 찻잔을 내려놓고 일어서자, 파파가 겉옷을 가져왔다.

조광은 그것을 걸치고 막사를 나섰다.

파파를 비롯한 몇 명이 그의 사방을 철통처럼 에워쌌다.

“우습지 않나?”

“무엇이 말입니까?”

“이 나라의 태자가 내 나라의 무사들을 믿지 못하는 이 현실이 말이다.”

“모든 게 곧 정상을 되찾게 될 것입니다. 그때까지 조금만 참으시옵소서.”

파파를 비롯한 모두가 비분강개(悲憤慷慨)했다. 이곳의 장수들은 불과 얼마 전까지 조광의 그늘에서 호의호식했던 자들이었다. 조광이 차기 황제가 될 것을 의심한 자는 아무도 없었다.

하지만 지금은 상전벽해(桑田碧海)되어 조광을 저하라 부르며 무시하고 있었다.

“가자.”

조광은 총사의 막사로 향했다.

이미 수많은 장수가 막사 주변에 모여 술렁거리고 있었다.

해가 떨어지고 밤이 되자 비가 쏟아지기 시작했다. 이환과 고미는 군영에서 조금 떨어진 곳에 자리를 잡고 철무옥이 돌아오기를 기다렸다.

철무옥은 낮에 일어났던 사건을 알아보기 위해 먼저 적진으로 잠입한 상태였다.

우르릉!

쩌저적!

뇌전이 이환과 고미의 전신을 하얗게 물들였다. 그렇게 얼마쯤 흘렀을까?

철무옥이 돌아왔다.

"이곳의 총사가 죽었습니다. 그런데 적군 하나를 사로잡아 족쳐 보니, 저들은 우리가 암살한 것으로 알고 있었습니다."

쩌저적!

뇌전이 다시 모두를 하얗게 물들였다.

"태자가 오고 갑자기 총사가 우리한테 암살당했다? 조나라 태자가 제법 그럴듯한 작전을 썼군."

"태자의 소행으로 보십니까?"

이환은 묵묵히 고개를 끄덕였다.

"전투에 앞서 적개심을 부추겨 군의 사기를 드높일 심산이겠지. 또한 총사가 죽었으니 군영을 손쉽게 장악하는 것은 덤일 테고. 한데 이런 놈이 어째서 서남왕에게 밀렸을까? 서남왕이 그만큼 대단하다는 건가?"

확신에 찬 이환의 반응에 철무옥과 고미는 이견을 내지 않았다. 듣고 보니 충분히 일리가 있는 말이었다.

"더 살펴보는 건 의미가 없겠어. 그만 돌아가지."

"예."

돌아서려던 이환.

하지만 뭔가를 떠올리고는 조나라 군영을 돌아보며 중얼거렸다.

"어차피 우리 소행으로 여기고 있을 테니 그냥 가면 섭섭하겠지?"

'또 뭘 하시려고?'

고미는 갑자기 불안해졌다.

아니나 다를까.

"가서 인사 정도는 해주자고. 월주는 여기서 대기한다."

"저도 같이 가겠습니다."

"안 돼."

'정말 종잡을 수 없는 분이구나.'

고미는 숲에 숨어 화광이 충천하는 조나라 군영을 바라보며 고개를 절레절레 흔들었다.

뭔가를 할 거라는 예상했지만 이렇게까지 크게 일을 벌일 줄은 예상하지 못했다.

콰르르!

불을 어떻게 질렀는지 빗줄기 속에서도 불꽃이 사납게 일어났다. 그 너머에서 처절한 단말마가 끊임없이 터져 나왔다.

고미는 다시 불안해졌다.

'무림인들이 상당히 많을 텐데.'

그때였다. 어둠을 가르며 날아오는 두 개의 그림자가 보였다.

"전속으로 돌아간다. 뛰어!"

"……!"

이환의 목소리가 흘러들었다.

고미는 어떻게 된 일인지 물어볼 여유도 없이 즉각 몸을 날렸다. 뒤를 돌아보니 이환과 철무옥의 뒤를 맹렬하게 쫓아오는 자들이 있었다.

꽈악!

고미는 어금니를 악물며 공력을 최대치로 끌어올렸다.

'내가 못 살아, 정말.'

고미는 쉬지 않고 달렸다.

돌아보니 이환과 철무옥이 코앞까지 다가와 있었다. 그만큼 쫓아오는 적들도 가까워지고 있었다.

"실례를 좀 해야겠다."

와락!

"……!"

이환은 고미의 허리를 한 팔로 휘어 감았다.

"달릴 수 있습니다!"

"그러다 죽어."

파파팟!

"……!"

고미는 속도가 더 빨라지는 것을 온몸으로 느꼈다.

'나 때문에 일부러 속도를 늦추신 거였어.'

이환의 경공술은 상상을 불허하는 수준이었다. 고미가 빛줄기를 따갑게 느낄 정도였다.

이환은 뒤를 돌아봤다.

쫓아오는 적의 무림인은 대략 열 명 정도. 그중에 두 명이 월등한 경공술로 뒤를 바짝 쫓아오고 있었다.

철무옥이 나지막이 외쳤다.

"제가 놈들을 처치하겠습니다!"

"지쳤나?"

"아닙니다!"

"그럼 그냥 달려."

"놈들이 돌아갔습니다."

철무옥의 그 말에 이환은 경공술을 중단했다. 고미가 그의 팔을 밀어내며 떨어졌다.

저만치 앞에 군영이 보였다.

적도 그것을 보고 추격을 포기하고 돌아간 것이리라. 이환은 고미를 응시했다.

"괜찮나?"

"예. 괜찮습니다."

"그만 내려가지."

셋은 군영을 향해 걸었다.

고미는 내심 많이 놀라고 있었다.

'그렇게 달리고도 호흡이 이렇게 고를 수가 있다니. 이 사람은 그렇다고 쳐도 대군은…….'

그녀는 새삼 깨달았다.

이환이 실력을 제대로 감춰 왔다는 것을. 또한 그 끝이 정말 궁금했다.

그때 철무옥이 말했다.

"괜히 적의 적개심만 부추긴 것은 아닌지 모르겠습니다."

"그럴지도 모르지. 하지만 우리 쪽에도 함부로 할 수 없는 고수가 있다는 것을 보여 주었으니, 전투가 개시되면 적장들도 암습을 걱정해서 몸을 사릴 수밖에 없을 거다. 몸을 사리면 과감성이 떨어지는 건 당연지사. 그 자체로 이미 우리는 이득을 안고 시작하는 셈이라고 볼 수 있지."

"처음부터 그걸 노리시고 바로 돌아오지 않았던 겁니까?"

"겸사겸사."

이환은 먼저 막사로 향했다.

철무옥이 그 뒤를 따랐다. 고미는 이환의 뒷모습을 응시하며 살며시 미간을 찡그렸다.

그런 그녀의 손이 옆구리를 매만졌다. 그곳에 아직 이환의 체온이 남아 있었다.

한 청포인이 조광 앞에서 머리를 조아렸다.

"역시 연나라의 무림인들이었습니다. 끝까지 쫓았지만, 군영으로 들어가는 바람에…… 죄송합니다."

"죄송해할 거 없으니, 고개를 들라."

"감사합니다, 전하."

조광은 의자에 깊숙이 몸을 묻으며 눈빛을 가라앉혔다.

"달랑 두 놈에게 크게 당해 버렸군."

"상당한 수준에 오른 자들이었습니다. 연나라 군영까지 쫓아가는 동안에 거리를 전혀 줄이지 못했습니다. 게다가

한 놈은 다른 한 명을 허리에 안은 채였습니다."

"정보가 잘못된 건가? 연나라 군영에 그 정도의 무림 고수는 없다고 하지 않았느냐?"

"정보가 잘못되었거나, 최근에 합류한 자들인 것 같습니다. 어쨌든 전투가 시작되면 주요 장수들의 호위를 강화해야 할 것 같습니다."

"당연히 그래야겠지. 물론 우리 쪽 장수들에게만. 무슨 말인지 알겠느냐?"

"예, 전하."

무림인들이 물러가고 파파만 남았다.

"파파."

"예, 전하."

"이 전쟁을 최대한 피해 없이 끝내려면 적의 총사를 최대한 빨리 처치해야 한다. 하니 가장 쓸 만한 친구들을 준비하도록 해."

"염려하지 마십시오. 이미 쓸 만한 아이들로 추려 두었습니다."

"좋아. 그나저나 서남왕 쪽 장수들의 분위기는 좀 어때?"

"총사의 갑작스러운 죽음으로 다들 황망해하는 분위기이지만 우리를 의심하는 자는 없는 것 같았습니다."

"수고했어. 쉬어야겠으니 그만 나가 봐."

"하면 편히 주무십시오, 전하."

파파까지 물러가자, 조광은 교탁 위에 놓아둔 술병의 마개를 열어 입으로 가져갔다.

벌컥벌컥!

탁!

"판은 짜였으니, 속전속결로 끝장을 본다."

다음 날 아침.

이환은 곧장 주요 장수들을 사령실로 불러들였다. 팽가주 팽문도 참석했다. 누구보다 중요한 역할을 책임져야 하는 그이기에 이환은 그를 장수들과 동급으로 대우했다.

이환은 장수들을 한 차례 쓸어 본 뒤에 입을 열었다.

"적의 총사가 죽었소."

"예?"

좌중이 크게 술렁거렸다.

팽무위가 물었다.

"대군께서 그걸 어찌 아셨습니까?"

"적진을 한번 살펴볼 요량으로 나갔다가 우연히 알게 되었소. 해서 하는 말인데, 이 시간 이후부터 비상 체제로 전환하겠소."

한 장수가 물었다.

“총사가 죽었으니 공격 시점을 미루지 않겠습니까?”

“우리와 싸우고 싶어서 안달이 난 놈이 총사를 대신하여 전권을 장악했소. 물론 놈이 총사를 죽였소.”

“그게 누굽니까?”

“조나라 태자 조광.”

좌중이 다시 크게 술렁거렸다.

이환은 팽문을 돌아봤다.

“가주.”

“예, 대군.”

“쓸 만한 무사들을 주요 장수들의 호위로 쓸까 하는데…… 괜찮겠소?”

“대군의 뜻대로 하십시오.”

“고맙소.”

이환이 이번에는 정천을 돌아보며 말을 이었다.

“적은 총사와 정 장군을 가장 먼저 제거하려고 들 것이오. 해서 정 장군의 호위로 내 식솔들을 붙여 줄 테니 백병전이나 난전이 벌어져도 절대 그들에게서 멀리 떨어지지 않도록 하시오.”

“예, 대군.”

이환은 팽무위를 응시했다.

팽무위가 히죽 웃으며 말했다.

“소장은 괜찮습니다.”

"조심하시오. 적의 첫 번째 목표는 바로 총사가 될 거요. 어쩌면 적진의 무림인 중에서 가장 강한 자를 상대하게 될 수도 있소."

"염려 마십시오! 오히려 소장이 조나라 태자의 목을 날려 버리겠습니다!"

이환은 팽무위의 저 투박함이 좋았다. 자신을 죽이겠다고 찾아온 이황자의 무인들을 죽인 이후부터 이환은 팽무위를 완전히 자기 사람으로 인정했다.

딸그락.

찻잔을 비운 이환은 곧장 자리에서 일어났다.

"그럼 속히 각자의 자리로 이동하시오."

"예!"

"알겠습니다!"

사령실을 나선 정천은 곧장 막사로 향했다.

그가 맡은 임무는 군영의 중앙 방어선을 지키는 것이었다. 또한 상황을 봐서 각 방어선으로 지원을 결정하는 중요한 역할이었다.

정천은 회의할 때의 이환을 떠올리며 흐릿하게 웃었다. 그러고는 하늘을 올려다보며 중얼거렸다.

"지켜봐 주십시오, 장군."

요즘 들어서 황호 생각이 많이 났다. 꿈에서도 몇 번이나 나타났었다.

"저희가 대군을 도와 반드시 남부군단을 지켜 내겠습니다."

황호에게 생명과도 같았던 남부군단. 정천은 무슨 일이 있어도 이곳을 지켜 내리라 다짐했다. 황호를 위해서라도.

그때였다.

휘리릭!

바람 소리에 이어 두 명의 백포인이 정천의 뒤로 떨어져 내렸다. 검왕 일맥의 무사들이었다.

정천이 걸음을 멈추고 그들을 돌아봤다.

"장군을 호위하라는 대군의 명이십니다."

'비범한 자들이로구나.'

두 백포인의 분위기부터가 마음에 들었던 정천은 빙그레 웃었다.

"잘 부탁하겠소."

쏴아아!

빗줄기가 가늘어졌다가 거세지기를 반복했다.

비상 체제로 돌입한 남부군단의 무사들은 각자 정해진 위치에서 적의 공격에 대비했다.

팽문을 비롯한 팽가의 무사들은 군영에서 가장 높은 지대에 배치되었다. 그곳에서 전황을 지켜보다가 적의 무림인들이 움직이면 그때 나서는 것이 이환의 작전이었다.

서남쪽을 바라보는 팽문의 눈빛이 결코 좋지 못했다.

'작전이라기에는 너무 빈약한 수준이다. 이래서 과연 적을 막아 낼 수 있을지 의문이로다.'

그는 여전히 이환을 믿지 못하고 있었다.

그때 뒤에서 무사들이 나섰다. 장수들의 호위에 투입될 무사들이었다.

팽문이 그들을 향해 준엄한 어조로 말했다.

"세가의 자존심을 걸고 너희가 맡은 장수가 죽는 일은 절대 없도록 해야 한다. 알겠느냐?"

"예, 가주!"

"알겠습니다!"

"다들 무운을 빈다."

"조심하십시오, 가주."

무사들은 각자 맡은 장수가 있는 지점으로 떠났다. 팽문은 무사들의 뒷모습을 응시하며 다시 한번 눈빛을 가라앉혔다.

'왜 이렇게 불안하단 말인가.'

불안 요소는 역시 이환이었다.

만약 팽무위가 전권을 지녔다면 자기 생각을 가감 없이 전했을 것이다. 적어도 이환이 세운 작전보다는 더 나을 거라는 자신도 있었다.

"가주, 저길 보십시오."

한 무사가 좌측을 가리켰다. 자연스럽게 돌아간 팽문의 두 눈에 갑주를 걸치고 전각을 나서는 이환의 모습이 들어왔다.

팽문은 묵빛 갑주의 흉부를 붉게 물들인 적룡(赤龍)을 한 번 쳐다보고는 이환의 얼굴을 응시했다. 그러다가 이채를 머금었다.

'저 담담함은 대체 어디에서 나오는 걸까?'

그가 이환을 좋게 보는 하나가 있었다. 바로 저런 담담함이었다.

그건 억지로 꾸민다고 되는 게 아니었다.

'부디 허세가 아니기를…….'

그때였다.

펑펑!

서남쪽 하늘에 두 발의 적색 신호탄이 터졌다. 신호탄은 빗줄기 속에서도 한참이 지나도록 하늘을 붉게 물들였다.

적의 공격을 알리는 신호였다.

팽문의 두 눈이 뜨거운 기운을 담아 갔다.

'이 전쟁은 우리 가문의 전쟁이기도 하다. 반드시 태자 전하께 우리 가문의 능력을 보여 주고야 말리라.'

펑펑!

조광은 하늘을 붉게 물들인 신호탄의 흔적을 응시했다. 신호탄이 반사된 그의 동공도 붉게 물들었다.

"역시 제대로 대비하고 있었군."

"알아도 막지 못할 것입니다."

"물론 그렇게 될 것이다."

이환이 연나라 황실의 갑주를 걸쳤다면 조광은 조나라 황실의 갑주를 걸치고 있었다. 이환의 갑주에 적룡이 있다면 조광의 갑주에는 황룡이 있었다. 각각의 나라에서 천자를 상징하는 전설 속의 신수(神獸)였다.

진나라는 청룡 문양을 쓰고 있었다.

조광은 가슴을 수놓은 황룡을 내려다보며 결기를 다졌다.

'머지않아 서남왕을 무너뜨리고 너와 함께 다시 비상할 것이다.'

결의를 다진 조광은 뒤를 향해 나지막이 외쳤다.

"전군. 전속으로 진격하라."

"전속이다!"

"전속 진격이다!"

둥둥둥!

북소리와 함께 조나라 대군의 이동 속도가 확연히 빨라지기 시작했다. 가장 앞서 진격하는 자들은 백여 명에 달하는 무림인들이었다.

그 뒤로 이백여 명의 혈귀가 포진했다.

초전에 기세를 잡겠다는 조광의 의지가 엿보이는 배치였다.

다만 조광과 함께 온 무림인 중에 파파를 비롯한 주요 고수들은 모두 그의 주변에 포진하고 있었다.

그래서일까?

조광의 얼굴에서 불안감이라고는 손톱만큼도 찾아볼 수가 없었다.

'내일 해가 뜨기 전에 끝장낸다.'

"전하! 하늘을 보십시오!"

파파의 외침에 조광은 고개를 들어 하늘을 바라봤다. 뒤이어 두 눈이 이채를 발했다.

하늘을 시커멓게 채웠던 먹구름이 밀려가며 시리도록 푸른 창천(蒼天)이 모습을 드러내고 있었다.

그에 반해 동북쪽 하늘은 여전히 시커멓게 죽어 있었다.

"상서로운 조짐이옵니다!"

"하늘 따윈 믿지 마라! 오직 우리의 힘으로 연나라를 물리칠 것이다!"

"예, 전하!"

말은 그렇게 했지만, 조광은 한결 마음이 평온해졌다.

이환은 군영 뒤쪽의 산으로 올라섰다.

망루보다 그곳이 시계(視界)가 더 넓었기에 올라오는 적의 동향을 살피고자 함이었다.

비는 여전히 내리고 있었지만, 서남쪽 하늘부터 서서히 먹구름이 걷히고 있었다.

하늘 반쪽은 해가, 나머지 반쪽은 먹구름이 드리우는, 그야말로 신기하면서도 기괴한 광경이 펼쳐지고 있었다. 보통은 이런 경우에 햇빛을 먼저 받는 쪽이 하늘의 상서로운 기운을 받는다며 환호한다.

아마 조나라군이 지금 그러고 있지 않을까?

'기세가 등등하겠군.'

그때였다.

펑펑!

하늘에 두 발의 신호탄이 다시 터졌다. 이번에는 청색이었다.

"벌써 협곡까지 올라왔다니. 예상보다 훨씬 빠른 진격

속도입니다."

철무옥의 그 말에 이환은 담담히 말을 받았다.

"둘 중 하나라고 봐야겠지. 이렇게 서두를 수밖에 없을 만큼 절박하든가, 아니면 우리를 압도할 수 있다는 자신감에 넘쳐 있든가. 아니면 둘 다일 수도 있고."

그때 고미가 입을 열었다.

"일전에 제가 한 말…… 취소하겠습니다."

"태자를 죽이면 안 된다는 말 말인가?"

"예. 이제 그자가 적을 이끌고 있으니, 기회가 온다면 그자부터 제거함이 최선일 듯합니다."

"마음처럼 쉽진 않을 거다. 보나 마나 가장 강한 무림인들이 그자의 주변에 있을 테니까."

"정보를 드리지 못해 죄송합니다."

"불가항력을 어쩌겠어. 신경 쓸 거 없다."

이환은 군영 북쪽과 동쪽을 차례로 응시했다. 숲을 헤치며 나서는 아군이 보였다.

가장 먼저 협곡 방향으로 움직이는 병력은 팽무위가 이끄는 부대였다.

"우리도 그만 내려가지."

"예."

조나라군은 상당한 속도로 남부군단을 향해 진격했다. 이상한 건 이환이 이중 삼중으로 깔아 놓은 매복지의 병력이 전혀 움직이지 않고 있다는 점이었다.

누군가 의구심을 드러냈다.

"이거 너무 조용한 거 아니냐? 이쯤에서 매복 정도는 해뒀을 거라 예상했는데 말이다."

"놈들도 정보를 통해 자신들이 절대적인 열세라는 걸 깨달았다면 매복을 통해 병력을 분산시킬 생각은 하지도 못했을 거다. 보나 마나 군영 주변에 방어진을 치고 우리를 기다리고 있을 것이다!"

"듣고 보니 그렇겠군."

의심을 품었던 자가 이내 수긍했다.

이와 같은 현상은 조나라군 곳곳에서 일어나고 있었다. 해서 어떤 장수도 남부군단으로 향하는 길목의 숲을 정찰하지 않았다.

조나라의 모든 장수는 설사 연나라의 매복이 있더라도 압도적인 무력으로 밀어붙이면 된다는 자신감으로 똘똘 뭉쳐 있었다.

그건 태자 조광도 마찬가지였다.

그는 협곡의 절반을 지나오는 동안에 연나라군이 아무

런 움직임조차 보이지 않는 것을 전혀 의심하지 않았다.

파파가 말했다.

"적이 너무 조용합니다, 전하."

"적이 할 수 있는 건, 전군을 한 장소에 집결시켜 배수진을 치는 것밖에 없을 터. 전장은 산악 지대가 아니라 놈들의 본영이 될 것이니 안심하고 진격하라."

"예, 전하!"

거의 이십만에 달하는 조나라군의 병력은 전면전에 투입할 만한 대군이었다. 아니, 이대로 연, 조 두 나라의 전면전이 시작된다고 해도 전혀 이상할 게 없으리라.

바로 조광이 바라는 점이었다.

'서남왕, 그 간교한 인간이 조정을 완벽하게 장악하기 전에 혼란을 키워야 한다. 그러자면 남부군단이 아니라 더 북쪽까지 밀고 올라가서 연나라 황궁이 반응하게 만들어야 한다.'

그는 서남왕을 이곳으로 오기 전에 만났던 서남왕을 떠올렸다.

**북부군이 연나라의 남부군단에게 씻지 못할 치욕을 당했소. 태자가 가서 실추된 조국의 명예를 드높여 주시오.**

서남왕의 이 말을 조광은 기꺼이 받아들였다.

서남왕의 목적은 자신이 전장에서 죽기를 바라는 것이지만 그는 오히려 기회로 삼았다. 그리고 기회를 잡았다.

'전면전으로 확전되면 군부를 장악할 시간이 부족할 터. 그때 아직 서남왕 쪽으로 기울지 않은 각지의 부대와 장수들을 내 편으로 끌어들인다.'

그러했다.

조광은 처음부터 전면전을 염두에 두고 있었다.

"후후후."

태자궁.

관지백이 이른 아침부터 이소를 찾았다.

그가 심각한 어조로 말했다.

"조나라군의 병력이 이십만에 육박한다는 보고가 올라왔습니다. 단순한 국지전으로 보기에는 지나치게 많은 병력입니다."

"이십만에 육박한단 말이냐?"

"예, 그렇습니다."

이소도 적잖이 놀랐다. 이십만은 그조차도 상상하지 못한 대군이었다.

"하면 막내는 왜 내게 보고하지 않았단 말이냐?"

"미처 파악하지 못했거나 다른 의도가 있는 것 같습니다."

"그 많은 병력이 집결하는 걸 몰랐을 리 없다. 하면 다른 의도가 있다는 건데……."

이소의 눈빛이 무겁게 가라앉았다.

관지백이 말을 이었다.

"조나라 군영에 태자 조광이 합류했다고 합니다. 아무래도 서남왕이 전장에서 태자가 죽기를 바라고 보낸 것 같습니다."

"태자를 제거할 심산이라면 그렇게 많은 병력을 보낼 리가 있을까? 오히려 적은 병력으로 무리한 전투를 지시하였겠지."

"그렇습니다. 소장도 그 점이 의심스럽습니다. 혹시 조나라 서남왕이 전면전을 바라고 이러는 건 아니겠지요?"

"비록 태자를 밀어냈어도 아직 권좌에 오르지 못한 상황에서 전면전을 원할까? 자칫 잘못했다가는 다 잡은 권력을 놓칠 수도 있으니 그건 아니라고 본다."

"하면……."

둘은 심각한 분위기 속에서 대화를 주고받았다. 다만 정보를 갖고 찾아온 관지백은 조광이 조나라 군영을 장악했다는 사실은 전혀 모르고 있었다.

이환이 알리지 않은 까닭이었다.

답답해진 이소가 자리를 박차고 일어섰다.

"승상을 만나 봐야겠다. 적의 의도가 무엇이건 당장은 지원이 급하니 서둘러야겠어."

관지백이 이소를 따라나섰다.

"가장 빨리 움직일 수 있는 곳은 북부군단입니다. 지리적으로 그곳이 가장 가깝습니다."

"그곳 총사가 우리 쪽인가?"

"어느 쪽도 아닌 전형적인 군인의 기질을 지닌 사람입니다."

"전형적인 군인이라……. 차라리 그게 낫겠군. 최소한 정치적인 판단은 하지 않을 테니까."

"그렇습니다."

불안해진 이소의 걸음걸이가 빨라졌다. 심장은 발걸음보다 더 빨리 뛰었다.

'이 지경이 되도록 대체 왜 보고하지 않은 것이냐! 왜!'

자책감도 들었다.

그저 지금까지와 별반 다를 게 없는 국지전쯤으로 여겨서 이소 자신도 크게 신경 쓰지 않았다.

어쩌면 자책감은 자신의 안이함에서 비롯된 것이리라.

팽무위의 배신에 이어 팽가마저 돌아서는 바람에 분노

가 극에 달한 이황자 이태지.

책사 문치용은 몇 번의 실책 끝에 결국 이태지의 분노를 피하지 못하고 참수당하기 일보 직전이었으나, 측근들의 만류로 간신히 목숨을 구하고 옥에 갇히는 신세가 되었다.

당장 그의 역할은 과거 중랑장을 지낸 바 있는 인물이 대신하고 있었다.

"조나라군의 수가 무려 이십만에 달한다고 합니다. 돌아가는 상황을 보면 이전까지의 국지전이 아닌, 그 이상으로 확전될 것 같다는 말들이 돌고 있습니다."

문치용을 대신하여 책사의 자리에 오른 청포인의 보고에 이태지가 눈빛을 번뜩였다.

"그게 사실이냐?"

"예. 이미 각 정보처에서 그와 같은 사실을 확인하고 조정에 알렸다고 합니다. 곧 신료들이 대책을 논의하기 위해 모인다고 들었습니다."

"그렇단 말이지?"

이태지의 두 눈이 의미심장한 빛을 번뜩였다. 청포인이 말을 이었다.

"지원이 늦으면 남부군단이 위험해질 수도 있습니다. 만약 남부군단이 무너지고, 적이 그 이상을 원하여 진격해 온다면 전면전으로 갈 수도 있습니다."

"어리석은 소리. 조나라 서남왕이 아무리 전쟁광이라도 아직 황제의 자리에 오르지도 못한 상황에서 전면전은 무리다. 자칫 잘못하면 모든 책임을 뒤집어쓰고 되레 자신이 실각할 수도 있는데 굳이 위험한 도박을 하겠느냐? 이건 필시 우리가 모르는 뭔가가 있는 것이다."

이태지는 의자에 깊숙이 몸을 묻으며 손가락을 까딱거렸다.

'전면전으로 절대 가지는 않는다. 하면 굳이 남부군단을 도와줄 이유는 없지. 어차피 나를 따르기를 거부한 놈들인데 말이야.'

서서히 올라가는 입꼬리.

청포인은 이태지의 생각이 궁금했지만 차마 묻지 못했다.

"대신들이 지원을 결정하면 가장 가까운 곳이 북부군단과 중앙군이지?"

"지리적으로는 중앙군이 더 가깝지만, 거친 지형 때문에 남부군단까지 가려면 시간이 꽤 걸릴 것입니다. 그렇다면 북부군단이 가장 유력할 것입니다."

"지필묵을 가져오너라."

"예."

청포인이 지필묵을 가져오기 위해 밖으로 나가자, 이태

지는 싸늘히 웃었다.

'내 손을 거부한 것을 피눈물을 흘리며 후회하게 만들어 주마.'

"적의 선봉이 보이기 시작합니다."

철무옥이 서남쪽을 가리켰다.

능선 한 곳이 새카맣게 물들어 가고 있었다. 조나라군의 선봉대였다.

"빨리도 왔군."

"예상보다 한 시진은 더 빠른 속도입니다."

"월주."

"예, 대군."

"신호탄을 쏘거라."

"알겠습니다."

피유우우! 펑!

하늘에 황색 신호탄이 터졌다.

고미가 물었다.

"저들의 선봉대를 정말 무사통과시켜도 괜찮겠습니까?"

"조금 더 착각에 빠져 있게 놔둬."

"예?"

"매복지의 병력을 움직이지 않은 것은 적에게 우리가 본영을 배수진으로 삼아 맞설 것으로 착각하게 만들기 위함이었다. 해서 선봉대가 한 시진이나 빨리 올라올 수 있었지. 따라서 아군의 본영이 보이기 전까지는 방심하고 있을 터. 선봉대가 쌍바위 고개를 지나치면 그때 허리를 자른다."

이환은 담담히 말을 이었다.

"허리가 잘린 구렁이는 무는 것 말고는 할 수 있는 게 없으니 더는 두려워할 것도 없다."

이환은 능선을 내려갔다.

고미는 뒤를 따르며 이환이 한 말의 의미를 되새겨 보았다.

'적의 선봉대를 궤멸시키고 이 전쟁을 시작하시겠다는 걸까?'

어떤 전쟁이든 선봉대는 아군의 사기와 직결된다. 하여 역사의 위대한 정복자들은 가장 신뢰하는 자에게 선봉을 맡겨 전쟁을 시작한 경우가 대부분이었다.

꽉.

'무조건 궤멸시켜야 해!'

고미의 두 주먹에 잔뜩 힘이 들어갔다.

펑!

“황색 신호탄입니다, 장군.”

“하면 대기한다.”

“적의 선봉대를 이대로 보내 줘도 괜찮은 것입니까? 쌍바위 고개만 지나가면 바로 본영이지 않습니까?”

측근의 우려 섞인 질문에 정천은 단호한 어조로 대답했다.

“대군의 명이시다. 하면 우리는 따르면 그뿐이다.”

“…….”

주요 장수들은 이환의 작전을 이미 숙지하고 있었다. 다만 휘하의 장수들과 무사들에게는 알리지 않았다. 물론 이환의 명령이 그러했다.

**뱀의 허리부터 자르고 시작할 것이오.**

정천의 두 눈이 불꽃을 일으켰다.

‘위험하지만 성공하면 일거에 전세를 휘어잡을 수 있는 과감한 계책이다.’

많은 장수가 우려를 표했지만, 정천은 이환의 계책에 절대적으로 공감했다.

위험이 따르기는 하지만 성공하면 피해를 최소화할 수

있는 최적의 계책이라 여겼다. 원래 정천은 오래전부터 피해를 최소화하는 계책을 선호했었다.

하지만 전세가 불리한 지금은 이환의 과감함에 동의했다. 해서 당초의 역할이었던 중앙 방어가 아닌 이곳으로 배치를 자청한 것이다.

정천은 맞은편 숲을 바라봤다.

팽무위가 이끄는 부대가 그곳에 매복하고 있었다. 그곳에서도 아무런 움직임을 보이지 않고 있었다. 사실 팽무위도 정천만큼이나 이환의 계책에 절대적으로 공감하고 있었다.

**나는 무조건 대군이 시키는 대로 할 것이오.**

팽무위의 그 말을 떠올리며 정천은 흐릿하게 웃었다.

'그런 사람을 자기 사람으로 만든 것 또한 대군의 능력이다.'

정천은 주변을 향해 나지막이 외쳤다.

"기척을 죽여라!"

"기척을 죽여라!"

잠시 후 조나라군의 선봉대가 드디어 시야에 들어오기 시작했다.

정천은 선두에서 올라오는 장수와 주변의 무림인들을

주시했다. 장수의 바로 뒤에는 수백에 달하는 혈귀와 흑호대도 있었다.

꿈틀.

정천의 눈썹이 슬며시 휘어졌다.

'초전에 기세를 잡기 위해 선봉대에 상당한 전력을 실었구나. 하나 그것조차도 대군은 예상하고 계셨다.'

팽무위와 팽문은 바로 앞을 지나가는 조나라군을 지켜보며 눈빛을 발했다.

[강한 자들이 제법 있는 것 같네.]

[새끼들이 대군의 예상대로 선봉대에 잔뜩 힘을 줬습니다. 대단하지 않습니까?]

[뭐가 말인가?]

[지금까지 대군의 예상에서 한 치도 비켜나지 않고 있잖습니까?]

[아직 전투는 시작조차 하지 않았네. 집중하시게.]

팽문은 말을 아꼈다.

지금까지 이환의 예상이 적중한 건 적의 선봉대가 상당한 전력으로 올라올 것이며 진격 속도가 매우 빠를 거라는 정도에 불과했다.

그걸 예상했다고 하여 대단하다 할 수는 없었다.

'가장 중요한 건 전투다. 대군의 계책대로 뱀의 머리를 자르는 걸 성공한다면 모를까, 실패한다면 고스란히 적의 대군을 본영에서 맞게 될 것이다. 피할 곳조차 없는 본영에서…….'

팽문은 그 점을 가장 우려했다.

[가주, 슬슬 준비하시지요.]

[알겠네.]

팽무위가 팽문을 돌아봤다. 한순간 둘의 시선이 얽혀 들었다.

[다치지 마십시오, 가주.]

찌잉.

순간 팽문은 가슴이 울림을 느꼈다.

[자네도 다치지 않도록 조심하게.]

그때였다.

스스슥!

뒤에서 기척과 함께 이환이 나타났다. 팽문과 팽무위가 조용히 일어나 머리를 조아렸다. 숨소리조차 죽였지만 두 사람은 매우 놀라고 있었다.

이환이 직접 전장으로 나설 줄은 전혀 예상하지 못한 것이다.

이환은 철무옥이 건넨 술로 목을 축이고는 팽문에게 병

을 건넸다.

[시작하기 전에 한 모금 하시오.]

[예.]

팽문이 한 모금 마시고는 팽무위에게 병을 건넸다. 팽무위는 남은 술을 모조리 비우고 특유의 투박한 웃음을 머금었다.

씨익.

이환은 그런 팽무의의 어깨를 다독여 주고는 조금 앞으로 나섰다.

적의 선봉대가 서서히 꼬리를 보이고 있었다. 이제 저 꼬리만 지나가면 피비린내 나는 전투가 시작될 터였다.

'이 갑주를 걸치고 하는 첫 전투인가?'

적룡을 수놓은 갑주.

이 몸의 주인인 녀석도 한때는 이 갑주를 걸치고 천하를 종횡하는 꿈을 꾼 적이 있었다. 하지만 꿈은 꺾였고 영원의 저편으로 사라졌다.

'내가 네 꿈을 이뤄 주마.'

이환은 천천히 검을 뽑았다.

스르릉.

그것을 신호로 모두가 조용히 무기를 뽑았다. 마침 불어온 바람이 숲을 흔들어 대며 미세한 쇳소리마저 집어삼켰다.

고미는 뽑은 검에 살짝 입을 맞췄다.

중요한 싸움을 앞두고 하는 그녀만의 의식이었다. 그때 이환이 그녀를 돌아봤다.

[곁에서 떨어지지 않도록 해.]

[예, 대군.]

자신의 시대에서 이환은 적에게 공포 그 자체였다. 용서를 모르는 잔혹한 손속은 적에게 저승사자보다 더한 공포를 선사했다.

서장의 포달랍궁은 중원을 넘봤다는 죄목으로 하룻밤 사이에 이천 궁도를 몰살하기도 했다. 절반 이상의 궁도들이 전의를 잃고 항복했지만, 이환은 받아들이지 않고 모두 죽였다.

후환을 남기지 않기 위한 잔혹한 조치였다.

'다시 시작한다.'

이제 이환은 그때의 자신으로 돌아가려 하고 있었다. 그의 그러한 각오는 새롭게 얻은 삶의 진정한 시작을 알리는 의미를 담고 있었다.

우우웅!

공명과 함께 이환의 검이 파랗게 변해 갔다.

뒤에서 그것을 지켜보는 팽무위와 팽문의 두 눈이 놀람

으로 물들었다.

분명 검강인데, 검강이 검신을 저렇게 물들이는 경우는 본 적조차 없었다. 특히 팽문은 눈빛까지 떨었다.

'내가 잘못 본 건가?'

이환은 뒤를 돌아봤다.

모두가 그를 주목하고 있었다. 갑자기 가슴이 뛰었다. 실로 오랜만에 느껴 보는 감정이었다.

'오랜만이군, 이런 설렘은.'

이환은 천천히 검을 들어 올렸다.

새파랗게 변한 검이 한 자 정도 쑥 늘어나며 찬란하게 빛을 발했다.

"전군, 나를 따르라."

허공으로 솟구쳐 오른 이환.

그의 몸에서 날아간 다섯 줄기 빛이 적장의 몸을 관통했다.

퍼퍼퍼퍽!

"크악!"

뒤이어 검을 떠난 검강이 또 다른 적장의 허리를 잘라 버렸다.

퍽!

"크아악!"

"쳐라!"

와아아아!

남부군단의 무사들이 적을 향해 맹렬히 달려들었다.

거의 동시에 맞은편 숲에서도 한 무리의 병력이 뛰쳐나왔다. 선두에 정천이 있었고, 검왕 일맥의 청년들이 그의 좌우를 함께했다.

철컥철컥!

철무옥은 처음부터 대도로 전환했다.

이런 식의 백병전에서는 무조건 많이 죽이는 것이 최선이었다.

고미는 이환과 철무옥의 지척에서 움직였다. 함께 다녔던 사람들이 워낙 강해서 상대적으로 약해 보였지만, 그녀도 사실은 뛰어난 고수였다.

꽈악!

박속 같은 치아가 입술을 지그시 눌렀다.

'절대 짐이 되지 않을 거야.'

자만이 부른 잔혹한 결과가 조나라의 선봉대를 혼란 속

으로 빠트렸다.

허리를 치고 들어온 연나라의 기습으로 인해 앞뒤가 차단되면서 조나라의 선봉대는 제대로 된 힘조차 발휘하지 못했다.

먼저 지나갔던 병력이 황급히 되돌아왔지만, 연나라의 또 다른 부대가 그들을 막아섰다.

"한 놈도 살려 두지 마라!"

"쳐라!"

와아아!

콰지직!

"크아악!"

"으아악!"

제대로 전열조차 갖추지 못한 조나라군은 순식간에 무너지기 시작했고, 압도되었다.

"빌어먹을!"

선봉대를 이끌던 조나라 장수의 얼굴이 무참히 일그러졌다. 측근들이 당황하여 외쳤다.

"앞뒤가 완벽하게 차단당했습니다! 이러다가 궤멸을 면치 못할 수도 있습니다!"

"퇴로마저 차단당했습니다, 장군!"

으드득!

이를 가는 소리가 섬뜩하게 흘러나왔다.

"퇴각할 수조차 없다면……."

뒤이어 악에 받친 명령이 떨어졌다.

"이대로 적의 본영으로 치고 들어간다! 진격하라!"

"진격하라!"

뒤로 돌아갈 수 없는 상황에서 내린 어쩔 수 없는 고육지책(苦肉之策)이었다.

장수는 좌우의 무림인들을 향해 소리쳤다.

"적의 본영에 들어서면 닥치는 대로 죽여라!"

"예, 장군!"

"기습 작전에 이 많은 병력이 나섰다면 본영은 거의 텅텅 비어 있을 터! 개새끼들, 모조리 잿더미로 만들어 주마!"

으드득!

화가 머리끝까지 치민 장수는 붉게 달아오른 얼굴로 전방을 응시하며 질풍처럼 달렸다. 그런 장수를 따르는 병력은 일만 정도였다.

거의 이만에 달하는 병력이 진격로가 막히면서 뒤처진 것이다.

"거의 다 왔습니다!"

전방에 거대한 바위가 두 개가 나타났다.

똑같이 생겨서 쌍바위 고개라 불리는 그곳만 넘어가면 연나라군의 본영이 나온다.

치르륵.

장수의 검이 검강을 일으켰다.

그의 좌우에서 함께 움직이는 무림인들의 검에도 일제히 강기가 일어났다.

그때였다.

우르릉!

능선 위쪽에서 난데없이 굉음이 터졌다.

반사적으로 돌아간 장수의 두 눈이 한순간 찢어질 듯 커졌다.

"……!"

거대한 바위와 통나무가 쏟아져 내려오고 있었다. 좌우측이 가파른 경사로 되어 있어서 내려오는 속도는 상상을 불허했다.

"피해라!"

콰콰콱!

콰지지직!

"끄아악!"

"크아악!"

바위와 통나무를 피하지 못한 조나라군의 무사들이 처절하게 죽어 갔다. 어떤 무림인은 가볍게 허공으로 솟구쳐 올랐다가 튀어 오른 통나무를 피하지 못해 목숨을 잃었다.

평소라면 무림인들에겐 그다지 위협이 되지 못할 공격이었지만 지금은 얘기가 달랐다.

혼란에 빠진 아군이 한데 뒤섞이면서 무림인들조차도 행동과 판단력에 영향을 받고 있었다.

"이런 빌어먹을……."

콰르르!

조나라 장수는 거대한 흙먼지와 함께 쌓여 가는 바위와 통나무를 응시하며 온몸을 바들바들 떨었다. 이제는 연나라 군의 본영으로 들어가는 길목마저 차단당하고 만 것이다.

한 무림인이 다가오며 외쳤다.

"장군! 더는 무리입니다! 지금이라도 퇴각하셔야 합니다!"

"퇴로를 차단당했는데 무슨 수로 퇴각한단 말이냐!"

"산을 타고 올라가십시오! 적의 추격은 저희가 막겠습니다!"

꿈틀!

"지금 나더러 혼자 퇴각하라는 말을 하는 것이냐!"

"장군은 태자 전하께 힘이 되어 드려야 할 분입니다! 대업을 위해서라도 속히 물러가셔야 합니다!"

"……!"

파르르.

심하게 흔들리는 장수의 눈빛.

그때였다.

"누구 마음대로 도망가겠다는 거야."

한 줄기 싸늘한 음성에 이어 장내로 떨어져 내리는 이가 있었다.
주태였다.
그의 뒤로 하북팽가의 무사들이 속속 모습을 드러내었다.
주태는 장수를 쳐다보며 싸늘히 웃었다.
"그냥 여기서 죽어."

번쩍!
한 줄기 섬뜩한 기운이 이환을 노리고 날아들었다. 마침 뒤에서 싸우던 팽문이 다급하게 외쳤다.
"대군! 뒤를 조심하십시오!"
그의 외침이 채 끝나기도 전에 잘린 머리가 허공으로 솟구쳤다. 마치 처음부터 알고 있었다는 듯 기습을 해 온 적의 머리를 쳐 낸 이환이 또 다른 적을 향해 달려들고 있었다.
[내가 아닌 적에게 집중하시오.]
팽문은 귓속으로 흘러드는 이환의 목소리를 들으며 눈빛을 떨었다.
'놀랍도다.'
"가주!"
팽무위의 다급한 외침이 터졌다.
동시에 팽문의 몸이 팽이처럼 회전하며 대도가 허공을

갈랐다.

퍽!

"크악!"

적의 무림인 하나가 상체와 하체가 분리되는 끔찍한 죽음을 맞았다.

팽무위가 다가오며 외쳤다.

"어디다 정신을 팔고 계십니까!"

"내 걱정은 말고 적에게나 집중하게."

"그럼 신경 쓰이지 않게 하시든가요!"

"알았대도."

팽무위는 크게 심호흡을 하며 두 손으로 대도를 늘어뜨렸다.

그의 두 눈이 호랑이처럼 일렁거렸다.

"내가 하북팽가의 팽무위다, 개새끼들아."

화아악!

조광은 후군에서 느긋하게 이동했다.

열 명의 무사가 짊어진 가마 위에서 그는 술잔을 기울이는 여유까지 보였다.

"지금쯤이면 선봉대가 적진 깊숙이 치고 들어갔겠군."

"그렇습니다. 적은 수적 열세로 인해 전 병력이 본영에 모여 있을 테니 전하의 예상대로 가는 길이 매우 수월했을 것입니다."

"파파."

"예, 전하."

"쓸 만한 자들을 보내어 선봉대를 돕도록 하라."

"여기 남은 무인들은 오직 전하를 위해 싸우는 자들입니다. 굳이 지원을 보내실 것까지야……."

"파파가 있는데 무슨 걱정이냐. 하니 몇 명만 추려서 보내도록 하라."

"알겠습니다."

파파의 시선이 닿은 자들이 앞으로 나섰다.

하나같이 벼른 칼처럼 날카로운 기도를 풍기는 자들이었다.

조광이 그들을 향해 말했다.

"너희가 할 일은 적의 장수들을 죽이는 것이다. 머리 하나에 은자 이백 냥을 쳐줄 것이니 최선을 다하라!"

"예, 전하!"

파파팟!

조광은 바람처럼 달려가는 자들의 뒷모습을 응시하며 흡족하게 웃었다.

"파파가 직접 키운 자들이라서 그런지 경공술부터가 다르구나. 이 전투가 끝나면 파파에게도 큰 상을 내릴 것이다."

"황공하옵니다, 전하."

파파가 조아렸던 머리를 쳐들 때였다.

"응?"

바람처럼 달려갔던 자들 중 한 명이 빠르게 되돌아오고 있었다. 파파도, 조광도 미간을 찡그렸다.

"저들이 왜 돌아오는 것이냐?"

파파의 눈빛이 무겁게 가라앉았다. 뭔가 불길함을 느낀 것이다.

휘리릭!

바람처럼 떨어져 내린 자가 조광을 향해 외쳤다.

"선봉대 일부가 퇴각하고 있습니다!"

"뭐라?"

조광의 두 눈이 전방을 향해 돌아갔다. 뒤이어 한껏 부릅뜨인 그의 두 눈에 허겁지겁 달려오는 무사들의 모습이 선명하게 맺혔다.

틀림없는 선봉대 소속의 무사들이었다.

바르르…….

"선봉대가 당했단 말이냐!"

연나라 북부군단.

서쪽으로는 조나라와, 북쪽으로는 오랑캐와 머리를 맞대고 있는 그곳은 군사적으로 남부군단만큼이나 중요한 곳이었다.

그곳을 이끄는 총사 곽충무(郭忠武)의 얼굴이 딱딱하게 굳어 있었다.

"지원에 나서지 말라니. 대체 조정은 무슨 생각을 하고 있단 말인가."

방금 황궁에서 보낸 전령이 다녀갔다. 전령은 병력 일부가 빠져나가면 오랑캐가 준동할 수 있으니, 남부군단을 지원하지 말라는 황후의 뜻을 전하고 돌아갔다.

곽충무는 전혀 이해할 수 없었다.

부장이 말했다.

"이상한 일입니다. 남부군단의 총사가 이황자 쪽 사람이라는 좌장군 팽무위인데 황후마마께서는 왜 돕지 말라고 하시는 겁니까?"

"그가 어느 쪽 사람인 게 무슨 상관이냐! 적이 침공했고 아군이 위기에 처했으면 마땅히 지원하는 것이 옳거늘."

다른 장수가 심각한 어조로 말했다.

"정보에 의하면 조나라군의 병력이 남부군단을 압도하

는 수준입니다. 지원 병력을 보내지 않으면 위험할 수도 있습니다, 총사."

"조나라 태자 조광이 합류하면서 무림인들의 수도 아군을 압도할 텐데, 정녕 지원 병력을 보내지 않아도 괜찮겠습니까?"

"조용!"

곽충무의 한마디에 장수들이 입을 다물었다. 곽충무가 잠시 고민에 빠졌다. 모두가 숨을 죽인 채 그의 결정을 기다렸다.

잠시 후 곽충무가 장수들을 향해 명령을 내렸다.

"중군장은 지금 즉시 정예 이만을 이끌고 내려가 남부군단을 돕도록 하라."

"예, 총사!"

한 장수가 신속하게 막사를 빠져나갔다. 곽충무는 의자에 깊숙이 몸을 묻으며 미간을 좁혔다.

"좌장군이 조나라군을 막을 능력이 있어야 할 터인데, 참으로 걱정이구나."

"듣기로 이황자와 팽가 간의 정치적 결탁으로 좌장군이 된 사람이라고 합니다. 그런 자가 군을 이끌 능력이 있을지 의문입니다."

장수들의 분위기가 무겁게 가라앉았다.

곽충무가 조금은 성난 눈빛으로 중얼거렸다.

"감히 군을 정치에 끌어들이다니."

"황상께서 칩거하신 뒤로 더 심해지고 있습니다. 소문에는 이황자 쪽에서 더 많은 무림인을 휘하로 들인다고 합니다. 이런 식이면 또 언제 팽무위 같은 자가 군의 요직에 오를지 아무도 모를 일입니다."

"흐흠."

곽충무의 두 눈이 더 진한 분기를 담아 갈 때, 한 장수가 나섰다.

"남부군단에 대군이 한 분 계시지 않습니까? 혹시라도 이번 전투로 그분의 신상에 불상사라도 벌어지면 확전이 되는 건 아닌지 걱정입니다."

"확전까지는 가지 않을 것이다. 남부군단에 계신 대군은 황가에서 내치다시피 한 서출이 아니냐. 하물며 누구보다 적통을 중시하는 황후마마이니 서출이 해를 입는다 한들 눈이나 깜박하실까."

곽충무의 그 말에 모두가 수긍했다.

아직 이환에 대한 소문이 올라오지 않은 까닭에, 곽충무를 비롯한 모든 장수는 이환을 그저 소문 속의 인물로만 평가하고 있었다.

그때였다.

"총사, 태자궁에서 전령이 당도했습니다."

"들여라."

잠시 후 전령이 들어섰다.

곽충무는 자리에서 일어나 두 손으로 전령이 내민 서신을 받았다.

전령이 말했다.

"전하께서 답을 달라, 하셨습니다."

곽충무는 서신을 읽었다. 장수들은 궁금한 표정으로 곽충무를 주목했다.

잠시 후 곽충무가 전령에게 말했다.

"이만 정예를 보냈다고 아뢰어 주시오."

"알겠습니다."

전령은 바로 돌아갔다.

곽충무는 다시 의자에 깊숙이 몸을 묻으며 눈빛을 가라앉혔다.

'뜻밖이구나. 태자궁에서 이런 일에 관여한 적은 거의 없었거늘. 하물며 남부군단은 황후와 이황자 쪽으로 돌아섰지 않은가.'

비슷한 시각 연나라 중앙군 사령실.

유사시 전방 부대의 지원을 담당하는 그곳의 총사에게도 황후의 전령이 다녀갔다.

내용은 같았고, 총사의 결정은 달랐다. 몇몇 장수가 지원 병력을 보내야 한다며 간언했지만 총사는 딱 잘라 거부했다.

"지원에 나서지 말라는 황후마마의 명이다. 하니 누구도 더는 언급하지 말거라!"

쏴아아!

갑자기 폭우가 쏟아졌다.

무사들은 폭우에 몸을 맡긴 채 온몸을 흥건히 덮은 피를 씻어 냈다.

"압승입니다, 대군! 으하하!"

팽무위의 웃음소리가 전장에 울려 퍼졌다.

장수들도 크게 고무되어 환호성을 질렀다. 모두는 이환을 주목했다. 그때 정천이 올라왔다.

이환은 그의 상태부터 살폈다.

"다친 곳은 없소?"

"이 친구들 덕분에 소장은 괜찮습니다."

정천의 뒤에 검왕 일맥의 무사들이 있었다. 전투에서 누구보다 큰 공을 세웠지만 그들의 표정은 그저 무심할 뿐이었다.

이환은 장수들을 돌아보며 말했다.

“이제 시작이니 너무 들뜰 거 없소. 하면 이만 본영으로 돌아갑시다.”

“아직 적의 후군이 남아 있습니다, 대군.”

“지리적으로 본영보다 이곳이 다수의 적을 상대하기에 더 유리합니다. 한데 어찌하시어 벌써 병력을 물리려 하시는지요?”

모두가 이환의 결정에 이견을 나타냈다. 다만 팽무위와 정천은 담담했다.

이환은 담담히 말했다.

“폭우 때문에 땅이 질고 미끄러워질 테니 높은 지대에서 아래쪽에 포진한 적을 공격할 때의 이점은 사라진 거나 마찬가지요. 오히려 수가 많은 적에게 이로운 환경으로 바뀌었으니, 본영에서 상대함이 최선이오.”

그 말을 끝으로 이환은 더 듣지 않겠다는 듯 돌아섰다.

팽무위가 외쳤다.

“뭣들 하시는가! 어서 병력을 물리지 않고!”

정천도 거들었다.

“다들 서두릅시다.”

장수들은 비로소 각각의 부대로 돌아갔다.

한편 고미는 이환의 뒤를 따르며 물었다.

“혹시 폭우까지 계산에 두고 계셨습니까?”

"그럴 리가."

"……."

"날 너무 대단한 사람으로 보지는 마라."

(적룡무제 5권에서 계속)